Exploradores del abismo
+ Una novela oblicua

Seix Barral Biblioteca Breve

Enrique Vila-Matas

Exploradores del abismo + Una novela oblicua

Seix Barral, un sello editorial de Editorial Planeta, S. A.
Avda. Diagonal, 662-664, 08034 Barcelona (España)
www.seix-barral.es
www.planetadelibros.com

Primera edición: octubre de 2025
ISBN: 978-84-322-4899-3
Depósito legal: B. 14.083-2025
Composición: Realización Planeta
Impresión y encuadernación: CPI Black Print
Impreso en España

A Paula de Parma, molto vivace

CAFÉ KUBISTA

Voy pensando que un libro nace de una insatisfacción, nace de un vacío, cuyos perímetros van revelándose en el transcurso y final del trabajo. Seguramente escribirlo es llenar ese vacío. En el libro que terminé ayer, todos los personajes acaban siendo exploradores del abismo o, mejor dicho, del contenido de ese abismo. Investigan en la nada y no cesan hasta dar con uno de sus posibles contenidos, pues sin duda les disgustaría ser confundidos con nihilistas. Todos ellos han elegido, como actitud ante el mundo, asomarse al vacío. Y no hay duda de que conectan con una frase de Kafka: «Fuera de aquí, tal es mi meta».

Voy andando por Praga pensando en todo esto, voy con paso veloz, mi cuerpo levemente doblado, la cabeza un poco inclinada, ondeando como si ráfagas de viento me arrastrasen a uno y otro lado de la acera. Llevo las manos cruzadas a la espalda, y mi zancada es larga. Me alcanza una ansiedad indefinida que va acompañada de un abismo mortal y del sereno tedio de los últimos meses, aunque es un vacío muy optimista. Después de todo, no puedo olvidar que voy hacia el Café Kubista.

Cuando finalmente entro en el local, me sitúo en una de las mesas con ventanas que dan a la calle Ovocny y recuerdo que anoche fui a cenar con un amigo de Praga y, al salir del restaurante, me señaló la casa en la que durante años viviera el poeta Vladimir Holan. No había yo estado nunca en Praga y llevaba en ella sólo dos horas y sentía que no había acabado aún de aterrizar.

Apenas sabía nada de la obra de este poeta, pero me acordé de golpe de que, treinta años antes, había inventado yo dos versos suyos situándolos, a modo de cita, a la entrada de «Nuevas impresiones de Praga», capítulo sexto del libro más eufórico de los que escribí en mi juventud:

Oscura la negritud / del mármol en la nieve.

Al amigo que iba conmigo le hablé de la mínima y rara relación que tenía con Vladimir Holan: dos versos inventados no por capricho sino porque necesitaba una cita que hablara del contraste entre lo blanco y lo negro y no la había encontrado en ningún libro. A medida que caminábamos por el barrio de Malá Strana, iba recordando aquel capítulo sobre Praga de mi antiguo libro y le conté a mi amigo cómo en aquel capítulo, con versos falsos de Holan incluidos, había trasladado a esa ciudad mi pasión de entonces por la *negritud*. Había especulado en mi capítulo con una Praga blanca y nevada en duro y puro contraste con la presencia de la *negritud* en sus calles, bares y cabarets. Me preguntaba por qué lo había hecho y ni yo mismo sabía explicármelo bien. «Buscaba la discordancia, el contraste antes que nada», concluí, vacilante y casi avergonzado por la simpleza de mi búsqueda. «Blanco y negro», dijo él, hablando también con simpleza, como si quisiera ponerse a mi altura. Tanta simpleza casi hasta inquietaba.

Aunque no lo dije, el blanco y el negro eran a fin de cuentas uno de los simples y eternos dilemas de mi vida. Y es que yo soy simple, así de sencillo. En ajedrez, por ejemplo, siempre he jugado con las negras. Si me proponen las blancas, me esfumo, desaparezco; sin el menor rastro de irritación, me marcho tratando de disimular mi leve estupor. ¡El blanco!

El blanco y el negro han sido siempre uno de mis eternos dilemas. Pero ¿por qué en mis días de juventud había desplazado el dilema a Praga, ciudad en la que, además, nunca había estado? Al llegar al final de la calle Ovocny y ver a lo lejos la terraza nocturna del Café Kubista, decidí hacer la primera fotografía de mi viaje. Capturé con mi cámara la imagen de aquel local situado en la planta baja de una bella casa cubista. Luego, al acercarme más al edificio, ya en la esquina con la calle Celetná, supe que aquel inmueble era conocido como el de la Virgen Negra, porque tenía enrejada a esa oscura virgen en su fachada. La casa era de un estilo checo único de principios del siglo XX, llamado el «cubismo checo», popular entre los arquitectos progresistas de la época. Y en ella se veneraba, expuesta entre rejas en la fachada, a la Virgen Negra de Praga, de madera de ébano procedente de las Cruzadas.

Aquella extravagante combinación entre cubismo y

Virgen Negra me sonaba de algo, pero no sabía qué era. Un rato después, mi amigo me dejó en el Grand Hotel de Bohemia, donde me retiré a dormir. Fue ya en mi cuarto cuando, al pensar distraídamente en la primera y única fotografía que había hecho de la ciudad, tuve una iluminación y recordé de golpe que muchos años antes, en «Nuevas impresiones de Praga», no sólo me había inventado dos versos de Holan, sino que, además, en aquel mismo capítulo había imaginado las luces de un cabaret o antro de la *negritud*, el muy animado Zizkov, que había situado en los sótanos precisamente de la casa de la Virgen Negra. La idea de aquel cabaret había surgido tras leer en una revista un reportaje sobre la casa cubista de la calle Celetná de Praga y otro sobre la *Antología negra* de Blaise Cendrars. De la caprichosa asociación de la Virgen Negra con la *Antología* había salido esa idea de convertir a Praga y su cabaret en el centro mundial de la *negritud*.

Comprendí que en realidad había viajado a Praga para reencontrar los orígenes de la invención del Zizkov y de paso recobrar el espíritu de los años en que escribía cuentos con una ingenuidad muy creativa. Pensé que no convenía ignorar aquella señal y que haber recuperado el recuerdo del Zizkov debía ir acompañado del oportuno gesto de dar por terminado mi libro sobre los exploradores del abismo, el libro de relatos que había estado escribiendo a lo largo del último año y en el que precisamente había regresado a mis orígenes de cuentista.

Sentado ahora junto a la ventana que da a la calle Ovocny, en este cálido interior del Café Kubista, le pongo simbólicamente el punto final al libro. Hay en él historias sobre las diversas formas de relacionarse con la angustia y también historias sobre la creatividad extrema que puede surgir a veces cuando nos hallamos a un solo paso del abismo y queremos que ese paso nos mantenga vivos, pero *fuera de aquí*. Son relatos que de algún modo podrían calificarse de «cubistas», por el nombre del Café en el que ahora me encuentro, pero también porque a veces comparten con ese movimiento artístico el gusto por ampliar las dimensiones de ciertos espacios y por huir del punto de vista fijo clásico, y permitir que tarde o temprano los cruce la sombra de algún que otro explorador de abismos. Son relatos que a veces se parecen a esos cuadros de Vermeer en los que los interiores pertenecen a Delft pero las ventanas se abren hacia la nada, es decir, hacia la luz.

Mis exploradores son optimistas y sus historias, por lo general, son las de personas corrientes que, al verse bordeando el precipicio fatal, adoptan la posición del expedicionario y sondean en el plausible horizonte, indagando qué puede haber *fuera de aquí*, o en el más allá de nuestros límites. Son personas no especialmente modernas, pues por lo general desdeñan el hastío existencial tan en boga, y más bien son gente anticuada y muy activa que mantiene una relación desinhibida y directa con el vacío. En algunos casos ese abismo es el centro del cuento que protagonizan mientras que en otros, bien distintos, el vacío llega a ser sólo un buen pretexto para escribir un cuento.

Estoy seguro de que no habría podido escribir todos esos relatos si previamente, hace un año, no me hubiera transformado en alguien levemente distinto, no me hubiera convertido en *otro*. Justo es decir que el cambio se produjo con una sencillez abrumadora. Un colapso físico, acompañado de una rápida pérdida de peso, contribuyó a ello. De pronto, tuve la sensación de haber heredado la obra literaria de *otro* y tener ahora tan sólo que gestionar su obra. Desde entonces, soy alguien que necesita de las leves discordancias con el antiguo inquilino de su cuerpo, discrepar con él ligera y sutilmente y, siempre que pueda, a modo de redundancia jocosa, hacerle *perder peso* en sus razonamientos. Pondré algunos ejemplos. A él no le interesaba nada la leyenda del Golem, y a mí me interesa mucho. Él se moría por lo nuevo y, en cambio, para mí el mundo siempre fue viejo. Él parecía haber llegado a un callejón sin salida, a un abismo final y a los límites de la literatura, y yo en cambio, sin tanto dramatismo, me siento ya simplemente *fuera de aquí* y he optado por dar un paso más y asomar mi mirada a otros espacios, convertirme en un explorador de ese famoso abismo que parecía cerrarle toda salida. Si él decía necesitar casi desesperadamente cambios en su vida y en los últimos tiempos escribía obsesivamente sobre la necesidad de cambiar, yo me limité a avanzar hasta el borde del camino y cambiar. Si él era más bien orgulloso, yo tiendo a la modestia, y mis emblemas son: discreción, geometría, elegancia y calma.

Sólo en algo coincidimos. Ninguno de los dos ha olvidado la mañana en que vio a la bella Delia Dumarchey en Delft descender de un coche funerario con su elegante cojera y su ojo de cristal tan legendario. Pero en lo demás hemos pasado a ser ligeramente distintos en todo. Si él antes, por ejemplo, creía que la novela era una práctica irrenunciable, yo soy más flexible y busco la vida que hay en los cuentos.

Convertido en un disidente de mí mismo, desde el

primer momento se hizo evidente que una manera de desmarcarme de mi antiguo inquilino era *volver al cuento*. No había que olvidar que él no tenía pensado regresar a ese género narrativo por considerar que ya lo había practicado suficientemente durante una etapa de su juventud, la del cabaret Zizkov precisamente. En amable discrepancia, decidí mirar hacia atrás y regresar a la sonrisa original de mis cuentos de antaño. Y así lo hice, y volví. Al principio fue como si hubiera resuelto regresar a un ancho bulevar, pero no volviendo exactamente sobre mis pasos, sino doblando a la izquierda y enfilando un callejón oscuro sorprendentemente amplio. Durante meses me dominó la sensación de haber mezclado, en un extraño híbrido, el placer del reencuentro con el incierto dolor del riesgo. Nadie regresa impunemente al cuento.

Mi reencuentro feliz de ayer con este Café Kubista tuvo algo de reconciliación plena con ciertos ritmos del pasado. Ahora, en esta luminosa mañana praguense y mirando hacia la calle Ovocny por la que Kafka, hace exactamente cien años, se dirigía a la calle Celetná y a su trabajo con «los señores del tribunal» en los juzgados, doy por acabado el libro, con el permiso de mi propio tribunal.

El Kubista es seguramente el lugar adecuado para hacerlo y la referencia a Kafka creo que está más que justificada, ya no sólo porque estamos en Praga y el libro parece situarse *fuera de aquí* (tal es su meta), sino porque, además, hasta no hace mucho creía que la condición de exploradores del vacío había sido definida por Kafka en conversación con su amigo Janouch. Pero hará sólo unas semanas descubrí, con cierta sorpresa, que simplemente provenía de un pequeño equívoco, de algo que había escrito yo mismo en un artículo de una revista, donde había dicho textualmente: «Quiero seguir siendo, como dijo Kafka, "un explorador que avanza hacia el vacío", y así seguir dándole a mis palabras sentido».

Creía que mis exploradores venían de ahí hasta que, hará unas semanas, encontré casualmente la frase que había atribuido a Kafka y descubrí que no se acercaba a la que él había dicho. La verdadera frase era ésta:

Cuanto más marchan los hombres, tanto más se alejan de la meta. Gastan sus fuerzas en vano. Piensan que andan, pero sólo se precipitan —sin avanzar— hacia el vacío. Eso es todo.

Así que no había ningún explorador en la frase kafkiana, y menos aún *del vacío*. La confusión seguramente se había producido porque el título de ese artículo era «Explorador que avanza», y posiblemente había yo modificado la frase de Kafka a mi antojo para que todo cuadrara con el título del artículo.

Más que precipitarse, mis exploradores se detienen en ciertos umbrales y, antes de despeñarse, se dedican a diseccionar el abismo, a estudiarlo. Tienen en el fondo un sentido festivo de la existencia, y uno juraría que han oído estos versos de Roberto Juarroz que encontramos en su *Poesía vertical*:

A veces parece
que estamos en el centro de la fiesta
Sin embargo
en el centro de la fiesta no hay nadie
En el centro de la fiesta está el vacío
Pero en el centro del vacío hay otra fiesta.

Mientras voy hacia esa otra fiesta dejo que mi vida transcurra acompañada de un sereno, apacible tedio. Discreción, geometría, elegancia y calma. Ya no me agito, ya no voy por el lado más bestia de la vida, las estrellas son mapas de abismos exteriores, no tolero la soledad, temo la insidia del tiempo y de la edad, el insomnio, el temblor de los límites. Poco a poco voy conociendo aquel tipo de aburrimiento magnífico del poeta Álvaro de Campos que desde su ventana miraba perplejo el mundo todas las mañanas y decía que su corazón era «un cubo vaciado».

Quién sabe si terminar un libro de cuentos no es como vaciar de golpe un cubo en el Café Kubista. Ver vaciarse todo y conocer su contenido, saber perfectamente de qué se ha llenado todo. Y saberlo en medio de un clima risueño, discreto y geométrico. Un clima en el fondo alegre. Porque mis constantes vitales de esta mañana son el sol que saluda los despertares, el descubrimiento del placer de ser cortés, la revelación algo tardía de que todo es excepcional, el despliegue de gentileza en el trato a las personas, la impresión de vivir en plena tempestad de calma, la satisfacción de haber perdido unos kilos, la gestión de la herencia literaria del antiguo ocupante de mi cuerpo, el abordaje suave de una lógica espartana del trabajo, la creencia de que los gordos son los demás, la utilización de la ironía templada como rasgo de elegancia, de tímida felicidad, en definitiva.

LA MODESTIA

Llevo muchos años ejerciendo de espía casual en el autobús de la línea 24 que sube por la calle Mayor de Gracia, en Barcelona. Tengo en casa un archivo de gestos, frases y conversaciones escuchadas a través del tiempo en ese trayecto de autobús, y hasta creo que podría escribir una novela tan infinita como aquella que quería hacer Joe Gould sobre Nueva York, pues he robado y registrado todo tipo de frases sueltas, conversaciones extrañas, disparatadas situaciones.

Un modesto delincuente, por cierto, parece haberse enamorado últimamente de esta línea de autobús. Le llaman —ya es muy conocido entre algunos pasajeros— «el ladrón del 24». En cuanto sube al autobús, aquellos pasajeros que le conocen advierten a gritos a los incautos: «¡Cuidado, cuidado, que entró el ladrón del 24!».

La escena es siempre conmovedora y tiene grandeza y hasta algo de épica popular, y a mí me recuerda, salvando todas las diferencias, una película que vi de niño en la que la gente de los barrios bajos se movilizaba para estrechar el cerco de un asesino de niñas. Al ladrón del 24 le han detenido unas quinientas veces ya, pero siempre queda en libertad y regresa al autobús, donde es muy famoso. No parece interesarle una línea distinta, ni otro autobús. Le debe de encantar —como a mí me pasa— sentirse un habitual de esa línea, o tal vez le apasiona simplemente repetirse... Se parece en algo a mí: los dos robamos en esa línea de autobús. Claro que él roba carteras y yo me limito a capturar frases, rostros, gestos...

Tengo reunidas en mi archivo frases de todo tipo oídas, a través del tiempo, en este autobús que me conduce desde hace años del trabajo a casa, y viceversa. Obviamente, hay algunas frases que son mejores trofeos de caza que otras. Una de ellas es la que le oí decir en cierta ocasión a una mujer que iba sentada detrás de mí en la parte trasera del autobús: «Del inglés y del francés me acuerdo, pero el *swahili* lo he olvidado por completo». Me pareció una frase muy sofisticada para decirla en la línea 24. Al volverme, vi que eran dos monjas las que viajaban detrás de mí. Las dos habrían vivido en África y eso seguramente lo explicaba todo, pero la frase sigue pareciéndome bastante sofisticada.

En otra ocasión, también memorable, un joven le dijo de pronto a otro, cuando ya iban a bajar, en voz muy alta, muy enfadado, y todo el autobús se enteró: «Que sea la última vez que te lo digo: mi madre es mi madre. Y tu madre es tu madre. ¿Queda claro? ¿Me has entendido?». Parecía muy grave el problema entre los dos. Me quedaron ganas de bajarme con ellos y averiguar cuál era el drama.

Recuerdo muy especialmente, entre otras muchas

frases oídas y anotadas: «Le regalé unas magnolias y no me lo perdonó nunca». Y esta otra: «La felicidad está en el martirio». Y ésta: «Si ganas dinero antes de los cuarenta años, estás perdido».

Todas están anotadas, con la correspondiente fecha.

Tengo un *dossier* que tumba de espaldas, una información grandiosa sobre el mundo del autobús de la línea 24.

Un día, escuché a una mujer contarle a su marido que la luna no es lo que pensamos: «No es un satélite natural de la Tierra, sino un inmenso planetoide hueco, diseñado por alguna civilización técnicamente muy avanzada, y colocado en órbita alrededor de la Tierra hace muchos siglos». Anoté cuidadosamente todo esto y también lo que le dijo el marido, que tenía cara de idiota (y también esto lo anoté, me refiero a lo de la cara de imbécil): «La luna es la luna y basta».

Bonita frase la del idiota, algunas veces la digo, me gusta decirla:

—La luna es la luna y basta.

Nadie sabe por qué digo eso, nadie sabe que procede de mis escuchas de autobús. La vida en el 24 forma parte de mi archivo más íntimo. Hasta el día de hoy siempre tuve la impresión de que todo lo que ocurría en esa línea me concernía directamente.

El archivo —como mi vida— se ha ido haciendo grande y complejo. Y no es extraño, porque hubo siempre, en ambos campos —autobús y vida—, una gran cantidad de cosas para anotar. Hubo tantos gestos, personas, tantas frases... Sin embargo, hace una semana iba concentrado en mis pensamientos y no espiaba nada. Hay muchos días, sobre todo últimamente, en los que, no sé por qué, pero descanso de todo esto. Me olvido de que soy un ladrón de frases de autobús. El lunes pasado era uno de esos días. Pero de pronto pasó algo bien imprevisto. Me encontraba de pie en el asfixiante autobús repleto, iba apoyado distraídamente en una de las barras de la plataforma central, cuando una mujer que hablaba por su móvil dijo detrás de mí:

—Voy a bajarme ahora, en la estación de Fontana. Tengo treinta años, pero no sé si los aparento. No soy ni guapa ni fea. Llevo un abrigo gris. Bueno, nos vemos. Hasta ahora.

Viajaba de espaldas a mí, de modo que no le podía ver la cara, a menos que diera dos pasos (imposibles) para ponerme delante de ella, o hiciera un gesto muy forzado con la cabeza pero que, con tanta gente alrededor, habría quedado poco natural. Aquel «no soy ni guapa ni fea» me llegó al alma. Era una frase que había oído mil veces, pero que ahora escuchaba con intensidad diferente. Me dejó completamente preocupado. ¿Se puede realmente ser algo intermedio? ¿Qué podía haber ocurrido en la vida de aquella mujer para que se valorara ella tan poco a sí misma y no tuviera problema en formularlo en voz alta? ¿Le gustaba ser modesta? ¿Lo era simplemente y no había que darle más vueltas a todo aquello? ¿O tal vez no era nadie y ni siquiera llegaba a modesta? Me pareció desazonante que alguien se resignara a tanta grisura. Vista de espaldas, era bajita, vestía totalmente de gris y hasta la negra cabellera parecía que se le estuviera volviendo gris, llevaba una bolsa de Zara que habría resultado un dato para identificarse más útil que aquel «no soy ni guapa ni fea».

Me planteé seguirla cuando se bajara en Fontana y ver con quién se encontraba, entrar de lleno en el comienzo de una novela real. Pero estaba yo llegando demasiado tarde a casa y no tenía tiempo para seguirla por ahí. Por otra parte, jamás en mi vida había seguido a alguien por la calle y no me veía para nada haciéndolo. Tu espacio es el del autobús, pensé. Y eso me ayudó a reprimir mi idea de bajarme.

Pensé también en el libro sobre Gérard de Nerval que estaba leyendo y me vino a la memoria una cita conmovedora: «Yo no he visto jamás a mi madre. Sus retratos se perdieron o fueron robados. Sé solamente que se parecía a un grabado de la época, un grabado de la escuela de Prud'hon o de Fragonard y que podía titularse *La Modestia*».

¿Era aquella mujer, toda vestida de gris, como la madre de Nerval? Pero ¿podía yo saber cómo era la madre de Nerval si ni siquiera éste lo sabía? Podía, en cualquier caso, tratar de ver cómo era la mujer que había hablado por el móvil. Sentía mucha curiosidad por ver si realmente no era ni guapa ni fea. Esperé pacientemente para al menos verle la cara. Cuando el autobús se detuvo en Fontana, la mujer se volvió bruscamente hacia mí y comenzó a abrirse paso hacia la salida. La vi en un perfecto primer plano. Un rostro de ojos rasgados y verdes, muy bello, castigado por la tristeza y la modestia, y diría que por la desesperación. De pronto, nuevamente me llegó la tentación de descender del autobús e ir tras ella, averiguar con quién había quedado.

Descendió del autobús allí en Fontana y me quedé temiendo que en la calle Mayor de Gracia su belleza se actualizara a cada instante, según el aspecto del rostro de los otros. Me di entonces cuenta de que hasta me sentía algo celoso de ella. Era una mujer gris, de una modestia cautivadora. Me quedé allí como un imbécil, dentro del autobús, viendo cómo, ya en la calle, se perdía entre la multitud que caminaba Mayor de Gracia arriba. Aún me quedó tiempo, mientras el autobús arrancaba, para ver cómo se iba cruzando con todo tipo de transeúntes y posiblemente les ofrecía a cada uno su mejor imagen.

Por la noche, soñé que volvía a casa con el 24 y que un autobús de la misma línea que iba delante del mío —iban en realidad los dos pegados el uno al otro— corría tanto que acababa empotrándose en la estación de metro de Fontana. Instintivamente, al celebrar que me había salvado gracias a ir en el autobús de atrás, miré a ver si la mujer que me acompañaba en silencio también estaba sana y salva. Y lo estaba, era la Modestia en persona, era la mujer vestida de gris que había visto unas horas antes. Allí estaba, conmigo a salvo. Era ella, seguía llevando la bolsa de Zara. Y sus ojos ahora parecían más tristes, rasgados e irresistibles que la primera vez que la vi.

No le quise dar mucha importancia al sueño (aunque yo sabía que seguramente la tenía) y me fui a trabajar. Hace más de veinte años que lo hago en la Fundación Rougemont de Barcelona, donde tengo actualmente un cargo importante. He tenido suerte en la vida, no puedo quejarme. Mi posición económica es óptima y considero que puedo sentirme orgulloso de mi mujer y de mis tres hijos. Los fines de semana los paso con la familia en Sant Hilari Sacalm, donde tenemos nuestra segunda residencia. El coche lo llevo yo siempre —no les dejo que tomen nunca el volante—, y es que necesito desahogarme conduciendo y, es más, me gusta correr bastante. El automóvil a veces me parece el símbolo de lo que he conseguido.

Soy muy pretencioso, aunque nadie apenas lo nota, porque me reprimo todo lo que puedo. Esa represión es la que me lleva seguramente a correr tanto con mi coche cuando salgo fuera de Barcelona. Y es posible que si corro tanto sea simplemente porque, de algún modo, aunque sea sólo marchando a notable velocidad por la carretera, necesito exteriorizar, sin molestar a nadie, de forma privada, el orgullo que siento por todo lo que he conseguido en la vida. Y no voy a exteriorizarlo precisamente en el autobús, que es siempre para mí, por suerte, un baño de humildad, que me resulta muy útil para no acabar convirtiéndome en el ser más vanidoso de la tierra.

Pero me reprimo, me reprimo mucho. En el ascensor, con los vecinos, por ejemplo. Cuando subo con alguno de ellos, me encantaría poder contarles mis grandezas y que se enteraran de lo bien que me va todo. Dentro de unas semanas van a condecorarme en París por méritos en el trabajo. Pues bien, eso lo llevo bien callado. Y sin embargo me gustaría poder decírselo, gritárselo ahora mismo a todos los vecinos del inmueble. Porque ellos parecen pensar que yo soy un pobre diablo. ¡Claro, me ven bajar del autobús, siempre tan cabizbajo y modesto! «Es muy cómodo porque me deja en la puerta», les explico, pero parecen pensar que lo hago porque ando corto de dinero y sólo gasto en gasolina los fines de semana.

En fin. Tuve ese sueño con el autobús accidentado, tal vez un sueño ligado a mi frustración por no haberme decidido, el día anterior, a seguir por la calle a la mujer de la ropa gris que, sin saberlo, me había castigado con su tristeza y modestia. Después, en la oficina, no me la podía quitar de la cabeza. Por la tarde, al regresar del trabajo, en el autobús, sucedió algo bien imprevisto. En la parada de Fontana, había un anciano minusválido que esperaba para subir con su silla de ruedas. Y el conductor dispuso inmediatamente los lentos mecanismos de la rampa para que aquel hombre pudiera subir al vehículo. Pero la rampa se encalló, tal vez porque no se utilizaba mucho. Yo, de hecho, jamás había visto subir al 24 a un minusválido. Tras cinco minutos de incertidumbre, tuvimos que bajar todos del autobús porque éste se había averiado. No quedó claro si se había estropeado el vehículo a causa del intento de colocar la rampa o simplemente había sido una coincidencia casual. El hecho es que tuvimos que bajar todos y esperar a que llegara el siguiente autobús. Pensé que la situación guardaba cierto paralelismo con el sueño de la noche anterior, puesto que había también un primer y segundo autobús, y el de delante se había accidentado, y encima todo había pasado precisamente en Fontana.

Fuera como fuese, la avería me devolvió plenamente el recuerdo de la mujer de los ojos rasgados y tristes de la tarde anterior. La busqué, por si estaba por allí. Se me ocurrió imaginar que tal vez ella llevaba un día entero dando vueltas alrededor de la estación de Fontana. No podía evitarlo, la mujer gris me había dejado muy intrigado al definirse como «ni guapa ni fea». Era curioso. Una frase que había yo oído miles de veces y que nunca me había dado que pensar, pues siempre me había parecido normal e intrascendente, me inquietaba ahora y mucho, toda mi vida de pronto parecía girar alrededor de ella.

La busqué entre la multitud, pero parecía no quedar ni rastro de ella. Lo mismo hice el miércoles y el jueves, sobre todo al pasar por la estación de Fontana. El viernes fui a almorzar con algunos compañeros de la Fundación a un restaurante cercano a las Ramblas. Había mucha gente agolpada alrededor de las llamadas «estatuas vivientes». Triunfaba especialmente una del Che Guevara, pero también despertaban la atención de los turistas todas las demás, una del futbolista Eto'o, otra de don Quijote, una de Evita Perón. Sólo una de ellas no tenía público y era increíblemente discreta. Y es que apenas era perceptible, como si no existiera, su inmovilidad era absoluta. Hasta estuve a punto de tropezar con ella, porque no la vi hasta que la tuve justo delante de mí. Se trataba de la representación de una mendiga —diría que londinense— del siglo XIX, pero algo raro había en ella que hacía que pasara completamente desapercibida a los ojos de los turistas, de los transeúntes en general. Vestía un harapiento traje de pana gris que le llegaba hasta el suelo, donde había una taza metálica, también gris, para las monedas. Es la Modestia, pensé admirado.

Al día siguiente, utilicé la excusa de la lluvia para no salir de fin de semana. Y el domingo por la mañana, es decir, ayer, cuando volvió a salir el sol, llevé a la familia a ver una exposición de Fragonard que hay en un museo de la parte alta de Barcelona. Pensé que podía dar allí con alguna pista para averiguar dónde se encontraba, en caso de existir, *La Modestia*, el grabado de la escuela de Prud'hon o de Fragonard del que hablaba Nerval. Y también pensé que aquélla no dejaba de ser una forma de sentirme, de algún modo, cerca de algo relacionado con la mujer gris.

—¿Cuándo te ponen la medalla? —me preguntó mi hijo mayor, cogiéndome por sorpresa.

Tiene ya diecisiete años y aún sigue creyendo en mí, y en ese momento no pude evitar un sentimiento fuerte de orgullo por él y también —¿por qué no confesarlo?— por la medalla que voy a recibir. Luego, casi inmediatamente, sentí vergüenza de mi vanidosa reacción y, para enmendarla, me dediqué a intensificar la búsqueda de alguna pista sobre el grabado y a pensar en personas con tendencia a ser modestas.

En la librería del museo, cuando ya menos lo esperaba, encontré un libro sobre la escuela de Prud'hon, y no dudé en comprarlo inmediatamente. No había allí ninguna imagen del grabado que buscaba, pero vi que era cierto que éste existía y que era de la escuela de Prud'hon (quedaban pues descartados los discípulos de Fragonard) y hallé información suficiente para buscarlo en internet. Por la tarde en casa, con la ayuda de mi hija mayor, encontré en Google una fotografía del grabado. Era una hermosa mujer la Modestia, aquella figura en la que Nerval creía ver a su madre. Creo que me enamoré de aquel retrato del grabado, porque ahora llevo en la cartera la fotocopia que mi hija me hizo de la imagen.

—¿Sabes que fue muy buena la idea de no ir a Sant Hilari? —dijo ayer mi hija pequeña cuando ya la tarde del domingo declinaba y nos sentíamos todos muy felices viendo una gran película en la televisión.

Hoy lunes, en el autobús, al volver del trabajo, he

oído que una mujer le decía a alguien hablando por el móvil:

—No es eso, pero estás muy cerca, casi al lado. Te quiero. Eres lo mejor del mundo.

He creído que se dirigía a mí. Me he vuelto y la decepción ha sido inmensa, no porque no fueran para mí las frases, sino porque aquella mujer no se parecía en nada a la que buscaba y cuya imagen sólo llevaba en la cartera. La mujer hablaba con su novio, y así ha seguido haciéndolo.

—Un bulbul es un ruiseñor persa, pensé que lo sabías.

Ha dicho esto tan raro, pero no he tenido ganas ni de anotarlo. Es triste decirlo, pero me parece que he comenzado ya a perder interés por la caza de frases, interés por el mundo, por casi todo. De un día para otro, estoy ya perdiendo fuelle. Es como si al ancestral cazador que hay en mí le estuvieran comenzando a fallar la curiosidad y las necesarias atención, agilidad y paciencia. Como si ya sólo me quedara un exclusivo interés por volver a cruzarme con ella y poder decirle, no sé, poder decirle mis más modestas verdades: que envejezco, que ya no soy tan buen cazador de frases, que ya no me dicen mucho las medallas, ni el mundo, sólo ella.

LA GOTA GORDA

Hace un año, volví a escribir cuentos, pero sin darme cuenta de que en realidad seguía con los hábitos del novelista. Seguía utilizando un *tempo* moroso, nada adecuado para el relato. Las frases se alargaban sin prisas y se concentraban premiosamente en los detalles. Hasta que comprendí que así no iba a ninguna parte. Tenía que ser más consciente de que había regresado al cuento y estaba obligado a un sentido de la brevedad que no pedía la novela. Pero el conflicto máximo no procedía únicamente de ese lastre de las malas costumbres adquiridas como novelista. La tensión más fuerte la provocaba el duro esfuerzo de contar historias de personas normales y tener a la vez que reprimir mi tendencia a divertirme con textos metaliterarios: el duro esfuerzo, en definitiva, de contar historias de la vida cotidiana con *sangre e hígado*, tal como me habían exigido mis odiadores, que me habían reprochado excesos metaliterarios y «ausencia absoluta de sangre, de vida, de realidad, de apego a la existencia normal de las personas normales».

Sin saber que mis odiadores me reprocharían también lo contrario, es decir, me recriminarían cualquier cosa que hiciera, me entregué con la mejor voluntad a los cuentos con personas normales, de carne y hueso, sangre e hígado. No es que fuera algo antinatural para mí, pero ya desde el primer momento me sentí muy incómodo con las vísceras, el sudor, el olor, las vulgares frases y las lágrimas de mis personajes. No podía olvidarme de lo mucho que me identificaba con Paul Valéry cuando aseguraba que su mente no estaba hecha para las novelas tradicionales, ya que las grandes escenas de éstas, las cóleras, las pasiones, los momentos trágicos, lejos de exaltarle, le llegaban como destellos miserables, estados rudimentarios donde todas las estupideces andan sueltas, donde el ser se simplifica hasta la tontería.

Me recriminaban también mis odiadores que hubiera mitificado tanto lo literario. No me permitían que dijera lo que, por ejemplo, le dejan decir perfectamente a Francisco Ayala, tal vez porque ha cumplido más de cien años, edad a la que a uno ya le disculpan todo: «Yo digo que la literatura es lo esencial, lo básico. Todo lo que no sea literatura no existe. Porque ¿dónde está la realidad? Un árbol lo es porque uno lo está nombrando. Y al nombrarlo está suscitando la imagen inventada que teníamos. Pero si no lo nombras el árbol no existe».

He sudado la gota gorda con las secreciones y exudaciones de mis personajes, he hecho un esfuerzo increíble para mostrar «apego a la existencia normal de las personas normales». Y últimamente me siento ya bien adaptado a mi nueva asquerosa vida. En el fondo, siempre me han impresionado cuentistas como Raymond Carver, con todas sus historias de camareras y camioneros y otros seres anodinos perdidos en la grisura de una cotidianidad aplastante. Reconozco que es uno de los genios del cuento. También me gustan esos autores que, por ejemplo, describen un campo de patatas con una precisión magistral. Pero a mí siempre me ha costado hacerlo. Si tenía que describir un campo de patatas, lo hacía, pero se trataba de unas patatas germinando en un sótano, por ejemplo, y acababa teniéndome que corregir yo mismo, golpeándome sádicamente la mano con la que escribía aquellos surrealismos.

Me he dedicado a hablar de seres corrientes y vulgares, es decir, de individuos amostazados, apopléticos y analfabetos, pero lo he pasado mal, muy mal. Y todo para que dijeran que he cambiado un poco de estilo. Es absurdo porque en el fondo debería haber sabido que para cambiar de estilo basta con cambiar de tema. Lo he pasado mal porque he transpirado mucho con mis personajes. A los de mi primer cuento, por ejemplo, no he podido olvidarlos. Se pasaban el día metidos en mi cocina, discutiendo mientras fregaban los platos. Discutían por cualquier cosa. Era uno de esos matrimonios que siempre se están tirando los platos literalmente a la cabeza. Me fastidiaban, pero sin embargo me volví preciosista con ellos, ni un error a la hora de abordar su inmensa vulgaridad con precisión. El problema grande llegó cuando descubrí que nunca se iban de casa. Me levantaba a medianoche, por ejemplo, para ir a buscar algo a la nevera, y allí estaban los dos, apoyados en la pared del pasillo, junto a la cocina: insomnes, sucios. Un día, les oí comentar que se habían inscrito en el Club de las Personas Normales. Qué tiernos, qué personajes más deliciosos. Aunque les veo demasiada carne, nariz y hueso. Además, ¿cuántos relatos se habrán escrito ya sobre las mismas tonterías?

Sin embargo, para no caer en la desesperación, me he ido haciendo a la idea de que esa pareja y otras de su condición humana y vulgar son muy apreciables y que sus vidas mínimas de personas normales deben ser escritas en mi casa de la ficción. Además, ¿pero qué diablos?, ahora vivo en el fondo bien satisfecho de haber vuelto al cuento y disfruto cuando veo personas que todavía son simples, que son como pobres cobayas que repiten estúpidamente los errores de siempre de todas las personas que han pasado por el mundo. Creo que en el fondo me fascinan todas esas señoras y señores tan enormemente vulgares, con su nariz y su hígado y su patata y, en fin, con todas esas cosas tan bien puestas y su existencia normal de personas normales, normalísimas. Además, ¿pero qué diablos?, ¿acaso no se trataba de cambiar de estilo?

MATERIA OSCURA

Se habían quedado de golpe sin línea telefónica y, a pesar de que es algo que puede ocurrir, no alcanzaban a comprenderlo, no encontraban explicación al contratiempo aquel. Les fastidiaba, sobre todo, la sensación de aislamiento que creaba la ausencia de línea, por mucho que siguiera funcionando la televisión.

—No habrá un fantasma entre nosotros, ¿no? —llegó a decir Albert.

En la televisión, un astrónomo de la Universidad de Arizona afirmaba que había descubierto, en compañía de otros colegas, la primera prueba directa de lo que conocemos como materia oscura del universo.

«Esta materia», dijo el astrónomo, «no puede ser *vista* porque no emite ni refleja suficiente luz, pero nosotros estamos convencidos de que ocupa parte del universo.

—¿Qué materia es ésa? —dijo Lydia.

—Espera —dijo Albert—, quiero oír lo que explica este sabio. Ya sabía yo que por fin encontrarían alguna prueba de la materia oscura.

«Hasta el momento», continuó el astrónomo, «nosotros sólo podíamos intuir la existencia de la materia oscura a través de los efectos gravitacionales que tenía sobre la materia ordinaria. Ahora, hemos descubierto lo que sería el sello gravitacional de la materia oscura. Este sello se creó debido a una separación violenta de materia oscura y de materia común como producto de una gigantesca colisión de dos grandes grupos de galaxias. Ésta es la primera prueba directa de que la materia oscura tiene que existir y que, además, tiene que constituir una parte de la materia del universo...».

—¿Recuerdas el revólver de juguete y la funda que llevabas puesta el día que te conocí? —preguntó Lydia.

—Déjame escuchar, por Dios.

—¡Estabas tan guapo armado de aquella forma! —dijo, y soltó una pequeña carcajada.

—Déjame oír, por favor.

El investigador de Arizona seguía hablando y ahora explicaba que, al observar la colisión cósmica, los científicos pensaron que si la materia oscura existía, la mayoría de la masa en los grupos estaría ubicada alrededor de las galaxias. Pero si la materia oscura no existía, entonces la masa de esos grupos estaría en un difuso gas caliente. Esto se debería sin duda a que los grupos de galaxias contienen diez veces más masa en forma gaseosa que en forma de estrellas...

—¿Has visto la forma gaseosa de tu científico? —interrumpió una bromista Lydia—. Y encima va y habla de los grupos de galaxias y estrellas y de las formas —rio estrepitosamente— gaseosas. ¡Está hablando de sí mismo! ¡La forma gaseosa es él!

—No —dijo Albert—. Está hablando de un descubrimiento importante. Siempre me ha interesado esto de la materia oscura. Y voy a decirte algo. —Hizo una larga pausa—. Sí, Lydia, voy a decirte algo. No hay duda de que existe un mundo invisible. Sí, sí, cariño, no pongas esa cara.

—¡Oh, Albert! Estás repitiendo lo que acabas de oír a ese señor de Arizona. Y dime, ¿no podemos ver esa materia ni siquiera apagando la luz? —preguntó ella, burlona.

Me pareció que Albert no sabía muy bien qué responder.

—Bueno —le oí decir vacilante—, está claro que esa materia es oscura por algo. De lo contrario, podríamos verla, es decir, no sería oscura... En fin... Bueno, mira, me he hecho un lío, lo has conseguido.

Fuera, el cielo estaba muy despejado y podían verse multitud de estrellas hacia el oeste, allí donde las luces de la ciudad no las ocultaban. Yo era el vecino del piso contiguo al de Lydia y Albert, y estaba sentado justo en el umbral de mi terraza, desde donde no los veía pero los oía perfectamente. No tenía nada mejor que hacer porque era domingo, mi día de descanso, y estaba, además, súbitamente muy interesado en saber cómo acabaría aquella farsa de Albert, simulador de un repentino interés por la materia oscura. La verdad es que podía imaginar los gestos y movimientos de ellos porque los observaba todos los días, nos saludábamos en la escalera o en el ascensor, y a veces coincidía con Lydia y Albert en el bar de la esquina y estudiaba sus gestos, movimientos, escuchaba atentamente sus conversaciones, a veces discusiones. Me entretenían mucho, sobre todo los domingos. Eran tan conmovedores...

Habían dado ya las diez de la noche. Era un día de otoño más bien frío, impropio para la época. Albert cojeaba, sobre eso no tenía yo ninguna duda. Le había visto cojear en los últimos días, y seguro que seguía igual. Todavía no se había recuperado de la grave operación a la que había sido sometido hacía unas semanas. La convalecencia iba a ser larga.

En la televisión, el astrónomo de la Universidad de Arizona seguía informando del avance científico, de su confirmación de que un veintisiete por ciento del universo era invisible, era materia oscura.

—Algo han adelantado esos científicos. Ahora, al menos, ya sabemos que la materia oscura realmente existe —dijo Albert.

—¡Oh! Pero ¿todavía estamos en ésas? Te recuperarás, Albert, ya verás. ¿Por qué no cambias de canal?

—Andas creyendo que la materia oscura la relaciono con mi lesión, con el futuro oscuro de mi lesión, y prefieres que cambie de canal y piense en cosas diferentes. ¿No es así?

—No. Sólo quiero que cambies de canal. Si funcionara el teléfono, llamaría a alguien y me distraería. Me pones nerviosa. Ves siempre intenciones raras detrás de las cosas sencillas que te digo. Si te sugiero cambiar de canal es simplemente que te sugiero cambiar de canal, y nada más. ¿Por qué siempre quieres ver algo más detrás de mis palabras? Eres insoportable en eso.

Puede que fuera insoportable en ese aspecto —sin duda estaba más facultada su mujer que yo para saberlo—, pero Albert tenía todas mis simpatías, aunque sólo fuera porque andaba renqueante tras su operación y daba pena.

De pronto cambió el sonido de la televisión y entendí inmediatamente que acababan de pasarse a otro canal. Ahora veían un reportaje sobre gente para la que desafiar a la muerte y a la gravedad formaba parte de su rutina. Los comentarios corrían a cargo de un funambulista francés, muy conocido desde que en 1994 realizara una genial y atrevida caminata sobre la cuerda floja entre las dos torres del World Trade Center. Pero el equilibrista, con su armoniosa voz, no hablaba de funambulismo, sino de las hazañas de la señorita Samantha Morgan, que cada día en Florida se subía a una motocicleta y describía círculos en perpendicular al suelo, a cien kilómetros por hora, y riéndose sin parar.

—Es lo más increíble que he visto jamás —dijo Lydia, seguramente buscando que Albert se interesara por los equilibrios de Samantha Morgan y no pidiera regresar al dichoso canal de la materia oscura.

Samantha Morgan trabajaba en el autódromo Muro de la Muerte, un círculo móvil de nueve metros, que tenía cinco de altura y parecía un viejo depósito de agua o un almacén de madera.

«En ese círculo», decía el funambulista francés, «los motoristas parecen desafiar tanto las leyes de la física como el sentido común. Dan un par de vueltas al ruedo hasta que van lo bastante rápido como para conseguir que su moto se adhiera a la pared. No llevan casco, porque la gravedad ejercería tal fuerza sobre él que a los pilotos les resultaría imposible mantener erguida la cabeza».

De pronto, a la señorita Samantha Morgan le preguntaban por qué había elegido aquella inusual ocupación, y ella contestaba así: «Me enamoré del Muro. Por otra parte, si la rueda patina cuando estás en la pared, pero lo controlas y no caes al suelo, te da una especie de subidón».

—Es increíble —dijo Lydia—. ¿Lo has oído? Le da un subidón.

—Ya —dijo Albert—, pero si caes al suelo, el subidón es ahogado por la muerte. O por el dolor. Desde luego seguro que esa mujer está peor que yo. Debe de llevar todo tipo de tornillos y placas y no me extrañaría que también una prótesis vertebral. Qué horror. ¿Cuántas veces se habrá estrellado?

—Hoy no sé qué pasa, pero es muy raro todo lo que dan en televisión. Son programas como para un público minoritario, ¿no? Además, ¿te has fijado en que la voz del locutor, del equilibrista, es idéntica a la de nuestro vecino? —dijo Lydia.

Volvieron a cambiar de canal.

—Cambias de programa —protestó Albert— porque crees que esa voz del locutor me hace pensar automáticamente en mi lesión. ¿No es así? Crees que al oír al locutor recuerdo que esta mañana nuestro vecino se interesó en el ascensor por mi salud... ¿No es eso?

—Ves demasiado detrás de todo lo que te digo. Es lo que menos soporto de ti. Te lo vuelvo a repetir: deberías ver las cosas con más sencillez, no relacionarlas todas con tu maldita lesión de rodilla.

—¿Sabes qué soñé ayer? —dijo él, posiblemente para cambiar de tema.

—¿Salía yo en el sueño?—preguntó Lydia.

—Salías. Estábamos en el gimnasio horrible de un hotel de lujo y de pronto recogía yo algo del suelo. ¿Y sabes qué era? Una jeringuilla llena de sangre. Espantoso. Todo el gimnasio era en realidad un hospital camuflado dentro del hotel. Llovía. Y yo te proponía salir de allí y que nos fuéramos a la amplia terraza de un bar que había junto al *hall*.

—Y yo te decía que sí, claro...

—Pues no, decías que no querías ir, te ponías enormemente tozuda. Todo esto pasaba en el hotel donde no pago. Ya sabes —repitió Albert—, el hotel donde no pago.

—Ya. ¿En ese hotel que no existe y con el que sueñas a veces?

—Exacto.

—Donde te reclaman muchas veces una cuenta de más de veinte años...

—Exacto. Y nunca la pago. Siempre están a punto de llamar a la policía, pero al fin me escapo de la situación.

En el nuevo canal apareció la figura del papa polaco, de Wojtyła, imágenes de su funeral en abril del año anterior. Albert farfulló unas palabras incomprensibles, posiblemente sobre Karol Wojtyła, y se produjo casi instantáneamente otro cambio de canal. Pasaron a uno de sonido muy estridente y en el que podía escucharse música pop de los años ochenta, y entonces Albert se sintió invadido por una repentina nostalgia, pues era la música que escuchaba de niño y que ahora regresaba para él. Debió de afectarle —cosas así, como tantas otras, no se encuentran bajo mi absoluto control— la vuelta imprevista del pasado. Debió de conmoverle porque poco después oí que lloraba suavemente. Regresaban los días del ayer para él, en forma de presente. Seguramente acababa de descubrir que el tiempo seguía ahí, que el imperturbable pasado siempre había estado alineado a su lado, en el mismo equipo de la vida. Seguramente acababa de descubrir que el pasado se está dando y aflorando en todo momento, se está dando en el presente. El tiempo no es como los tristes humanos piensan, no pierde nunca el tiempo dedicándose a pasar el tiempo.

—No cambies el canal, aunque creas absurdamente que esa música me hace pensar en mi lesión y me deprime. No cambies, por favor —pidió Albert.

—Lo peor de todo es que también esa música la relacionas con tu lesión. A mí no me engañas. Me parece que a este paso no podrás ver la televisión. Crees que todo está relacionado con tu lesión de rodilla. ¿Es que no te das cuenta? Vas a tener que ir conmigo a fregar los platos a la cocina. Necesitas expansionarte un poco y no dar vueltas y vueltas a los tornillos de tu rodilla.

—Mal vamos esta noche —dijo Albert.

—Pero si el problema con tu rodilla pronto será una anécdota del pasado, ya verás. Lo que sí va camino de eternizarse es algo que, como pareja, deberíamos hacer más frecuentemente por la noche y que llevamos ya semanas sin hacer...

Silencio prolongado.

De golpe, regresó el científico de Arizona. Seguramente, Albert había tomado el mando y cambiado de nuevo el canal. Ahora el investigador estaba diciendo que la teoría general de la relatividad sugería que la tierra se hallaba inmersa en un baño continuo de energía procedente de la interacción gravitatoria de estrellas y objetos celestes distantes. De acuerdo con esta teoría, la energía liberada por una gran perturbación cósmica, como pudiera ser la explosión de una estrella, se propagaba en forma de ondas gravitacionales que, en su avance, distorsionaban la morfología de cualquier región del espacio-tiempo que atravesaran. Ante tales perturbaciones el espacio-tiempo, literalmente, temblaba.

—Quizás sea Dios la materia oscura, o al menos convendrás conmigo en que no se le ve, aunque ahora, si he comprendido bien, los científicos dicen que tienen pruebas de su existencia —intervino Lydia de pronto.

Hubo un largo silencio, que aproveché para descansar en mi espionaje y mirar hacia el oeste, hacia el cielo estrellado.

—Quizás Dios sea nuestro vecino —dijo Albert.

—Bueno, ahora que lo dices... Siempre me ha parecido que nuestro vecino no se instaló nunca en su apartamento, que en realidad siempre estuvo ahí, en el umbral de su terraza, sentado. ¿Crees que es Dios?

—Es el espacio, es el tiempo, es Dios, es la divina materia oscura, y ya sólo le falta temblar y hacer el milagro de que mi rodilla se recupere y deje yo de cojear.

Muy bien, pensé, os estáis pasando mucho. Desde luego estáis arriesgando fuerte, como si fuerais Samantha Morgan y os hubierais enamorado del Muro de la Muerte, que en este caso sería yo también.

Muy bien, pensé, Lydia, Albert, estáis acertando, aunque no voy ahora a confirmároslo, pero es verdad, soy el Muro, la materia oscura, el vecino, el espacio, el tiempo, el puro temblor. Vais divinamente encaminados en vuestras pesquisas.

Apareció en ese instante en la televisión la primera

imagen que los astrofísicos habían logrado captar de la materia oscura. Y me acordé de cuando la expresión *estar en la luna* perdió su sentido cómico con la primera foto de un astronauta que había alunizado. Algo parecido cabía esperar que fuera a ocurrir con aquella foto de la materia oscura. Albert y Lydia seguirían sin saber qué era exactamente lo que veían, pero era evidente que el antiguo misterio de la materia oscura había dejado de ser tan enigmático desde el momento en que al menos podía verse la forma que tenía.

Por unos instantes me entraron ganas de deslizarles una breve nota debajo de la puerta que dijera esto: «Sólo tienen que venir a verme a casa si quieren una fotografía muy completa de esa materia oscura que tanto les preocupa».

—¿Quieres hacerme un favor? Deja tu rodilla en paz —dijo Lydia.

—Para que eso sea posible —le contestó Albert—, debería ocurrir un milagro. Que Dios me quitara la cojera, por ejemplo.

«En resumen», concluyó el astrónomo de Arizona, «se trata de un gran cambio, pues ahora todas las teorías de la gravedad tienen que partir del hecho de que la materia oscura existe».

—En resumen —dijo Albert—, se trata de un gran cambio, pues ahora yo estoy esperando que la materia oscura me arregle la maldita rodilla.

—¡Es horrible! —dijo Lydia amenazando con llorar—. Necesitas volver a pisar bien, de acuerdo. Pero ¿ves como no andaba equivocada? Todo te lleva a pensar siempre en la lesión.

—¿Se te ocurre algo mejor para hacer? —dijo Albert

descolgando el teléfono y comprobando que seguía sin línea.

—Jugar de otra forma, Albert. Simplemente eso, jugar de otra forma y no pensar tanto en la rodilla. Que te volvieras a poner el revólver de juguete, por ejemplo, y te pusieras la funda aquella tan ridícula que llevabas el día que te conocí. Y amarme.

Noté a Lydia muy perdida tras haberle dicho abruptamente aquello de «Y amarme». Como si sugerirle eso a Albert la hubiera dejado sumida en un estado de gran libertad, pero salvaje caos.

—¿Qué estás diciendo? —preguntó Albert—. ¿Te has vuelto loca?

—Ámame —dijo Lydia—, ámame.

Todo en la armonía general parecía haberse desbaratado ligeramente. Algo se había estropeado en algún lugar, porque ahora volvía a oírse la voz del equilibrista francés que hablaba de que, al igual que Samantha Morgan, teníamos todos que atrevernos a retar a lo desconocido y, sobre todo, volver a los días del amor.

—Pero si hasta el vecino lo dice. Volver al amor. Sí, estoy loca. Pero ámame. Hace unos minutos que estoy fuera de mí, que no soy yo —dijo Lydia.

—Lo dice el equilibrista, pero es que el equilibrista se ha vuelto loco y tú, que yo sepa, no —dijo Albert.

Algo había podido influir en el ligero desbarajuste de la armonía general el hecho de que dos horas antes, coincidiendo con el corte de la línea telefónica de los vecinos, se hubiera averiado uno de mis diez ordenadores, el más nuevo y potente de todos, el que llevaba tan sólo dos días en casa.

El flamante último modelo Kowsky27W, orgullo de mi gran mesa rotatoria, se había estropeado sin más, en extraño e inquietante silencio, y así lo había dejado yo, roto, esperando a volver a él más adelante para tratar de repararlo. Pero había ido de mal en peor y acababa de empezar a dar silbidos mientras en la pantalla se encendía una aparatosa luz roja intermitente. No me quedó más remedio que ir a tratar de repararlo. Y al entrar en la sala de la gran mesa rotatoria vi algo en lo que no me había fijado hasta entonces: aquel lugar parecía en miniatura una sala de controladores aéreos.

Cuando unos minutos después, con los silbidos cada vez más fuertes, regresé al umbral de la terraza sin haber podido arreglar nada, oí que Albert decía que había quedado hipnotizado por la voz del funambulista francés, que a su vez —tal como pude comprobar yo mismo— también sufría un ligero trastorno mental, o al menos lo parecía, pues había cambiado su voz de locutor trascendente por una de tono desenfadado y, rayando en lo obsceno, se dedicaba a comentar algunos aspectos de la vida privada de la señorita Samantha Morgan.

En poco tiempo, más que cambiar de canal, había cambiado todo. Y los silbidos iban aumentando de potencia, y desequilibraban a cualquiera.

—Sí, estoy loca. Hace unos minutos que no soy yo —seguía diciendo Lydia.

—Oye, Lydia, ¿no crees que habría que decirle algo al vecino? —preguntó Albert.

—Por supuesto. Pedirle que te cure la cojera.

—No, preguntarle por los silbidos —dijo Albert chillando.

Volví al ordenador averiado y lo desconecté. Regresó la calma, al menos en mi vivienda. En cuanto a la pareja de al lado, cuando volví al umbral de la terraza registré que se habían trasladado a la cocina, donde todo indicaba que estaban haciendo el amor con una furia inusual, y seguramente en el suelo porque en su furor amoroso soltaban alguna que otra patada contra mi pared. Me dije que, en cualquier caso, habían escogido un buen lugar para su calentura. La cocina era donde mejor podía oírles. Lo que pasaba junto a los fogones se escuchaba de forma sublime si yo abandonaba mi posición en la terraza —idónea sólo para escuchar lo que sucedía en la sala de estar de los vecinos— y me dirigía a mi propia cocina, separadas ambas por una frágil pared.

Unos minutos después, estaban fregando los platos y parecían haberse sosegado algo al tiempo que lo había hecho también mi Kowsky27W. Ahora, según creí intuir, Lydia lavaba los platos y Albert los secaba.

—Para mí secar los platos es mi forma de demostrar lo políticamente correcto que soy —le oí decir a Albert.

—No digas tonterías y seca.

—Seguro que seré recompensado por ello. Dios me escuchará.

—Te escucha —precisó Lydia.

Tuve la impresión de estar viviendo un momento de plenitud absoluta. Nada que objetar a que las cosas marcharan así. Al contrario. Con sus comentarios, la pareja de al lado me estaba ayudando a recuperar la confianza en mis poderes. Es más, estaba permitiéndome recuperar aquella vieja sensación de que el mundo entero se estaba creando inagotablemente y, además, lo estaba creando yo, es decir, que el mundo estaba en mis manos. Y de hecho, era así, lo estaba. Sé muy bien de qué hablo porque me considero un buen teólogo. El mundo estaba en mis manos. Aunque, para ser justos y exactos, habría que precisar que estaba en manos de mis diez ordenadores. Me había hasta olvidado de contar las horas y los días que llevaba encerrado con ellos en casa.

—Tendríamos que atrevernos a ir a ver al vecino, por muy raro que él nos parezca, para que nos deje llamar por teléfono, y de paso le preguntamos qué eran esos silbidos de cafetera a punto de estallar. Tenemos que avisar a la compañía de que tenemos averiado el teléfono —dijo Lydia, y después de tantas palabras seguidas y tanto esfuerzo debió de quedarse con una mano dentro de un vaso, o algo parecido, no lavándolo, sino sólo sosteniéndolo sobre el agua.

Albert le preguntó qué hacía con la mano colocada de aquella forma.

—¿Y qué importa eso? Te decía que hemos de avisar de nuestra avería. Nos han de arreglar el teléfono.

—¿Esta misma noche?

—Nuestra avería *rara* —dijo ella marcando las vocales y con la voz muy impostada y grave.

—¿Lo dices porque hemos hecho el amor después de tanto tiempo de abstinencia? ¿Eso es para ti una avería *rara* o, por el contrario, es una simple reparación?

—Es el colmo. Digo algo y a todo le ves doble fondo —dijo ella mientras empezaba a lavar el vaso, seguramente dándole vueltas en la mano como si le estuviera dando forma.

—Estarás contenta porque al menos en esta ocasión no he pensado en la rodilla.

—¡Horror! —gritó—. Vuelves a hablar de tu lesión, otra vez.

—He estado observando esa fotografía de la materia oscura —dijo de pronto Albert, con un aire misterioso.

—¿Y qué? —Debió de mirarle Lydia pensando que volvería a hablar de lo mismo.

—Y me ha parecido que había en el centro mismo de la imagen una sombra —dijo Albert, dejando suspendido en el aire un plato que se suponía que debía dedicarse a secar.

Ella se vengó de lo que sobre su vaso le había preguntado él poco antes y quiso saber qué hacía con el plato colocado de aquella forma. Albert seguía ensimismado y le repitió que había visto una sombra en el centro mismo de la materia oscura.

Lydia parecía tener ganas de volver a enfadarse.

—La sombra de una mujer, claro. ¿De qué raza? —acabó preguntando.

—¿Cómo de qué raza?

—O sea que has visto una mujer en la materia oscura. ¿También lesionada en la rodilla? Dime, ¿hacíais buena pareja?

Yo me deleitaba siempre con la inestabilidad de los dos. Bueno, de hecho disfruto cuando veo personas que todavía son humanas, que son como pobres cobayas que repiten los errores de siempre de todas las personas que han pasado por el mundo. Se equivocan siempre en las mismas cosas, tropiezan con las mismas piedras, son ingenuos y estúpidos a morir. Pero a mí me sigue apasionando ese tipo de gente merluza que todavía se equivoca, que vive la vida siempre en plena inestabilidad. Me gusta ver o escuchar a gente así. La otra, la inhumana, la que últimamente es tan nihilista o tan inteligente, me parece gélida y aburrida y, encima, con pretensiones grotescas. Espío todavía hoy a diario a la especie humana más tradicional, la más cálida y al mismo tiempo la más burra. La espío a través de mis potentes ordenadores. Y siempre encuentro pobres vecinos humanos empantanados en la oscura y gran broma del mundo.

Se defendía Albert diciendo que había visto una sombra, no una mujer. Se defendía como podía, mientras trataba de secar los platos en medio de una lluvia de insultos posiblemente algo más que injustos. Lydia le acusaba de sólo ser capaz de imaginar mujeres en la materia oscura y de practicar, aunque ésta sólo fuera mental, la infidelidad más absoluta. Albert debió de cansarse de las acusaciones y no se le ocurrió nada mejor que decirle a Lydia que ya estaba bien de escarnios, que en definitiva y a decir verdad él era incapaz de imaginar a ninguna mujer perdida en la materia oscura. En todo caso, sería un hombre, pero nunca una mujer.

—¡Muy bien! —dijo Lydia—. ¡Acabáramos! Para ti, Dios no puede ser una mujer. ¿No es eso? Anda, dilo, dilo. Dios no puede ser femenino, ¿no es eso? Anda, ¿a qué esperas para decirlo?

—No te entiendo. Mejor dicho, creo que ya sé lo que quieres decir. Pues no, tú no eres Dios, sólo faltaría eso. Ni puedo imaginarte en medio de la materia oscura.

Además, qué diablos. Yo te he dicho que había visto una sombra. No sé por qué has tenido que complicarlo todo. Una sombra, ¿me oyes?

Como nada me impedía pensar que su línea telefónica había quedado restaurada, les llamé a su casa y el aparato sonó perfectamente, en contraste directo con el silencio profundo de mi Kowsky27W. Lydia, entre asustada y sorprendida, se puso al teléfono.

—Aló. Les habla Rienkowsky —dije.

Mi voz, efectivamente, sonaba parecida a la del equilibrista.

—¡Ah! —dijo Lydia.

—Les habla su vecino polaco desde el centro mismo del universo.

—Es Rienkowsky —dijo Lydia.

—¿El vecino? ¿Y qué quiere? —preguntó Albert.

—¿Qué quiere? —me preguntó Lydia.

—Invitarles a la casa de Dios —dije.

Y colgué.

Pensé que les había dejado situados a unos segundos de ser los primeros seres del mundo que lograban resolver el misterio del universo, pues estaban sólo a cuatro pasos de saber si su apartamento comunicaba con el vacío o con la gran risa del espacio sideral: a dos pasos del más duro abismo o de mi acogedora hospitalidad.

No tardé en oírles abandonar su casa, dar cuatro pasos en silencio por el rellano y plantarse ante mi puerta, donde comenzaron a dudar entre llamar o no hacerlo. Les estuve observando a través de la mirilla. Estaban muertos de miedo, como si fueran conscientes de que tanto podían estar a un paso del abismo más cruel como del baile más alegre en un cielo infinito.

—No pienso abrirles ni loco —les dije.

—¿Por qué? —preguntaron, cada vez más muertos de miedo.

Decidí hablarles con el estilo de un predicador.

—Porque el mundo es grande y en él hay sólo una puerta cerrada y todas las demás están abiertas, con toda la gente fuera. Y porque hay una idea general, por parte de todos, de lo que se podría ver si la única puerta cerrada se abriera. Pero lo que todos creen que se podría ver nunca es realmente lo que se ve si se abre la puerta.

Silencio.

—No les abriré —repetí.

Por la mirilla, sigilosamente, comprobé que les había hecho un favor. Se oyeron de repente, al ver que no les abría, sus suspiros de profundo alivio. Casi parecía que lloraran de alegría y de tranquilidad recuperada. Se quedaron un rato allí, sin la menor intención de dar un paso más, y menos aún de pedir que les dejara entrar. Era como si supieran que su salvación estaba en el abismo, pero que no era nada urgente que cruzaran el bendito umbral.

—Soy Dios —dije—. Pasen. Les voy a cambiar su monótona conversación.

NUNCA HIZO NADA POR MÍ

«Embarulló tanto a los personajes en la larga novela que estaba escribiendo que hasta olvidó quiénes eran y qué hacían esos personajes. A una mujer muerta, por ejemplo, la hizo reaparecer a la hora de cenar. Y el día en que se suponía que el asesino iba a ser electrocutado, le hizo comprar flores para una niña...»

Leo todo esto de pie en la plataforma iluminada del tranvía que, al atardecer, me devuelve, como todos los días, a casa. Levanto un momento la vista, y después sigo leyendo: «Y sin embargo nunca hizo nada por mí. Fui haciéndome más viejo y gruñón, como era de esperar, en un pequeño pueblo descuidado que él siempre describía como "muerto" e "irrelevante"».

En la plataforma del tranvía crepuscular quedo raptado por este comienzo de cuento. Y me llega la impresión de estar dirigiéndome a un hotel de algún pequeño pueblo, muerto o irrelevante. Comienza a llover...

FUERA DE AQUÍ

1

Nieva sobre Novonikolaevsk cuando Andréi Petróvich Petrescov, fiscal de la audiencia del distrito, comienza a quitarse los guantes en el despacho de su casa al tiempo que la institutriz de sus hijas gemelas le pasa informes alarmantes sobre la conducta de las niñas a lo largo de la tarde. Estamos en las postrimerías del que para Andréi Petróvich Petrescov ha sido un día de frenética actividad en medio de un clima duro, de extremo e intenso frío siberiano.

17 de enero de 1904. Un récord histórico en las temperaturas de la apacible ciudad de Novonikolaevsk. El prestigioso fiscal de la audiencia del distrito, Andréi Petróvich Petrescov, que acaba de llegar de una larga sesión de trabajo en el juzgado y de una reunión de la comisión de fiestas que preside, se siente enormemente fatigado. Aun así escucha con atención lo que la institutriz, María Gergiev, le va diciendo. Según ésta, las geme-

las Olga y Vasha han estado jugando al escondite con sus dos hermanos mayores, Dimitri y Seriozha, y los han dejado entre lelos y trastornados, pues con gran osadía se han ocultado entre las impolutas sábanas de la que fuera la cama de sus señores padres, la cama del cuarto prohibido. Ahí, claro está, a nadie se le ha ocurrido buscarlas. Al no acertar a encontrarlas, los pobres Dimitri y Seriozha, de dos y tres años más que ellas, se han visto humillados por sus hermanas pequeñas y todavía no parecen recuperados de la gran afrenta.

—Bueno, eso al menos les irá bien a ese par de sinvergüenzas —dice Andréi Petróvich Petrescov—. Y, en cuanto a las niñas, ¿qué edad tienen? Es una pregunta extraña, lo sé, pero es que siempre tengo dudas con la fecha. Cada día estoy más desbordado por el trabajo. Quisiera tener más tiempo para ellas, pero siempre me sucede lo mismo y al final de la jornada debo contentarme con leerles un cuento para que se duerman.

—Las niñas tienen ya siete años, señor.

—Lo que pensaba. Siete. Son todavía muy pequeñas, no pasa nada. No soy partidario de castigos ni de grandes sermones. A partir de hoy, eso sí, cerraremos la habitación de su difunta madre con llave y ya no habrá más problema. Pobres niñas. No tienen malicia.

—Tienen siete años, pero considero mi deber informarle de que en los últimos tiempos se muestran inquietas, anormales, se están volviendo muy extrañas. Tienen cada día más, de forma siempre simétrica, la mirada extraviada. Tienen siete años, pero es la edad en la que se empieza a usar la razón. En Olga y Vasha se diría que esa razón la usan, pero de un modo que a mí, señor, me altera profundamente. Si me permite decirlo, considero que en la ausencia desdichada e irremediable de la madre, sólo la autoridad paterna podría poner las cosas en su sitio. Necesito que usted me preste cierta ayuda, ésa es la pura verdad. Sus hijas parecen vivir en la estratosfera.

¡La estratosfera! Después de la agotadora jornada de trabajo, esa palabra celestial suena excéntrica y musical en el despacho de Andréi Petróvich Petrescov, que sonríe mientras mira contenidamente a la institutriz tratando de impedir que cierta voluptuosidad aflore a su mirada. Se trata de una mujer de cuarenta y dos años que conserva una indiscutible, casi rotunda, belleza física. Es de una profesionalidad, por otra parte, intachable. Una institutriz de la vieja escuela, con importantes experiencias profesionales en Moscú y Vladivostok.

En muchas ocasiones, como hoy, Andréi Petróvich Petrescov ha llegado a pensar en proponerle matrimonio, aunque jamás se ha decidido a dar el paso. María Gergiev no parece esperar una propuesta así y podría reaccionar de forma inoportuna mandándolo al traste todo, incluso despidiéndose de su trabajo, y eso a Andréi Petróvich Petrescov no le conviene nada. María es una excelente profesional y sería difícil encontrar una institutriz de su categoría que quisiera desplazarse a Novonikolaevsk.

De todos modos, piensa Andréi Petróvich Petrescov, siempre estoy a tiempo más adelante de hacerle esa oferta matrimonial. Eso es lo que se dice a sí mismo el fiscal, que se siente cada día más solo en la vida y más abrumado ante la tarea del juzgado y, sobre todo, por la agitada prole familiar, a lo que hay que añadir su presidencia de la comisión de fiestas que prepara las celebraciones que en una semana tendrán lugar en Novonikolaevsk para conmemorar el reciente estatus de ciudad que les ha sido concedido oficialmente por el zar.

Andréi Petróvich Petrescov se ha quedado viudo ya dos veces. De su primer matrimonio le quedaron las cargas insoportables de sus hijos Anna y Mijaíl, de veinte y dieciocho años respectivamente: dos hijos conflictivos, mezclados en conspiraciones y cultivadores de peligrosas amistades con elementos subversivos, enemigos no demasiado secretos del zar de todas las Rusias. Anna y Mijaíl planean el derrocamiento violento de todas las instituciones de la sociedad, en nombre de un principio de igualdad, de felicidad igual para todos o, si no, de desdicha idéntica para todos. Lo más penoso del asunto es que planeen todo eso de forma tan visible que en cualquier momento pueden ser detenidos. Pero es que, además, hay estupidez en sus movimientos. Y, de hecho, lo más estúpido de todo es planear la caída del zar desde una ciudad tan insignificante y periférica como Novonikolaevsk.

Andréi Petróvich Petrescov vive abrumado con el peso, con la carga de tener sobre sus espaldas a dos generaciones de hijos, dos familias en una misma casa. Y ninguna mujer. Andréi Petróvich Petrescov mira ahora a María Gergiev y vuelve a pasar por su mente la idea de atreverse a proponerle matrimonio. Pero finalmente regresa a él un profundo temor a la reacción de su empleada y opta por ocuparse de sus responsabilidades paternales y llamar a su despacho a las díscolas gemelas.

A pesar de que las reuniones en el juzgado y especialmente las reuniones con la comisión de fiestas han sido extraordinariamente agotadoras, tratará de encarrilar la imaginación de sus dos hijitas, las dos niñas que nacieron al mismo tiempo que moría su madre y caía sobre Andréi Petróvich Petrescov el aura de ser un marido que traía muy mala suerte a sus esposas. Precisamente, ésa es otra de las razones por las que no se atreve a proponerle nada a María Gergiev, y seguramente el motivo de fondo por el que ésta, que viajó encantada cuando él le propuso que cambiara Vladivostok por la ruda y dura Novonikolaevsk, se mantiene siempre con gran discreción alejada de él, en realidad alejada lo máximo posible, pues teme seguramente que la fatalidad la conduzca al mismo destino de las dos infortunadas primeras esposas.

«Ellas murieron porque murieron», le gustaría al fiscal poder decirle ahora de golpe a María Gergiev.

Pero sabe que es mejor que no diga nada. En otro tiempo, se habría atrevido a todo. Sin embargo, ha ido viendo últimamente cómo su osadía y el orgullo de sentirse un ser libre se iban encogiendo, como si parte de su valentía y libertad de antaño se hubieran ido plegando dolorosamente a medida que un corrosivo tejido muerto se iba agrandando en su dormido espíritu.

Cuando la institutriz sale del despacho, el fiscal se acomoda en un sillón ante el escritorio, cierra los ojos y se entrega a sus reflexiones. Sin saber muy bien por qué, su memoria le traslada al día de la primavera de 1898 en que tuvo lugar el funeral por el primer aniversario de la muerte de su segunda esposa: un día algo especial porque coincidió en Novonikolaevsk con la tan celebrada apertura al tráfico del puente sobre el río Ob, apertura que trajo prosperidad al pueblo, pues al mismo tiempo concluyeron la construcción de la gran estación ferroviaria (por la que en un futuro muy próximo pasará el Transiberiano), los depósitos y talleres. Después de aquello, muchos constructores dejaron el pueblo para construir otros pueblos con un posible porvenir urbano, pero el asentamiento de Novonikolaevsk no desapareció, ya que muchas personas venían de las aldeas cercanas por la gran cantidad de mercancías que llegaban por la vía férrea. Y gracias al intercambio y nacimiento de nuevos negocios el pueblo fue convirtiéndose muy pronto en una pequeña gran urbe. Ahora sólo faltaba rematar todo aquello con las grandes celebraciones por la llegada oficial, hacía un mes, del estatus de ciudad.

En sus reflexiones, Andréi Petróvich Petrescov ve, una vez más con mucha claridad, que Novonikolaevsk puede convertirse pronto en un lugar donde se concentrará el capital bancario. Está prevista la inmediata llegada del Siberian Bank, y sin duda a ese banco le seguirán otros. Aunque su trabajo de fiscal va a reportarle cada vez más altos beneficios, Andréi Petróvich Petrescov intuye que a él le convendría renunciar a la fiscalía y adentrarse en el mundo de los negocios que están ya a las puertas mismas de la flamante nueva ciudad. Tiene una larga experiencia después de haber sido tantos años fiscal en Vladivostok y no quiere que vuelva a ocurrirle lo mismo que cuando a aquella ciudad llegaron los pujantes bancos. Ya ha sido fiscal demasiado tiempo y su talento para el dinero exige nuevos horizontes. Además, seis hijos son una carga seria y preocupante, y más teniendo en cuenta que los dos primeros no dan señales de querer trabajar y sí de tener un vínculo con la necedad y otro con la conspiración y el delito.

Por la mente de Andréi Petróvich Petrescov van pasando todos estos pensamientos, puntuados por el rumor de fondo de unas ambiciones secretas que parecen nacer de la fatiga misma. Está ensimismado en todos esos pensamientos y al borde del colapso y del sueño cuando, sin tan siquiera llamar a la puerta, entran riendo Olga y Vasha en su despacho. Las niñas ríen de una manera infinitamente seria. Las gemelas ríen y ríen y se diría que no tienen intención de parar nunca. Es cierto que tienen las miradas algo extraviadas. Dan un poco de miedo.

—¡Tekelili-lili-lo! —repiten unas cuantas veces.

Seguramente —piensa su padre— se han hecho con un lenguaje propio, aunque no parece el más adecuado.

—¡Basta! —reacciona finalmente Andréi Petróvich Petrescov, con inesperada autoridad paterna.

Las niñas no parecen impresionadas y se ponen a imitarle cuando fuma. De nuevo, el fiscal no acaba de creer lo que ve. Le imitan de forma tan perfecta que casi cree ver el humo.

—¿Qué es todo esto? —les pregunta de pronto, casi aterrado.

Silencio. Fin de las risas infinitamente serias. Un cansancio brutal alcanzando de pleno al señor fiscal. El día ha sido duro. Se saca las gafas.

—¡Tekelili-lili-lo!

—¿Qué es todo esto? A ver. Que hable Vasha —dice finalmente Andréi Petróvich Petrescov—. ¿Por qué reís de forma tan desaforada? ¿Sabéis qué significa eso de desaforada? ¿No conocéis el cuento de la rana desaforada?

—¿Nos lo contarás esta noche? —pregunta Vasha.

—Papá es un cuento —dice Olga.

—¡Tekeló-lo-lo! —chilla Vasha.

—Me gustaría preguntarte algo —dice Olga con un tenue hilo de voz.

—Pues pregunta, hija.

Golpe de teatro. Las niñas desaparecen de repente, como por arte de magia, y cuando Andréi Petróvich Petrescov se está preguntando qué diablos ha sucedido para que se hayan esfumado de esa forma, reaparecen riendo, de nuevo de una manera infinitamente seria.

El regreso de lo idéntico, se limita a pensar, resignado, Andréi Petróvich Petrescov.

Las niñas se ponen de nuevo a imitarle cuando fuma. Qué está pasando aquí, se pregunta de nuevo inquieto Andréi Petróvich Petrescov. Silencio. Fin de las risas infinitamente serias.

Estética de lo gemelo, piensa Andréi Petróvich Petrescov al borde de la fatiga total. Sólo se le ocurren cosas de este estilo.

—Me gustaría preguntarte algo —insiste Vasha, ahora con un notable vozarrón.

—¿Y esa voz? —pregunta el padre, cada vez más extrañado de todo, muy especialmente de que las escenas se repitan. Debo de estar muy cansado, piensa. Y se seca el sudor de la frente. Ha sido sin duda un día duro. La comisión de fiestas, muy especialmente, le ha dejado agotado. Casi no tiene ánimos ni para cenar, aunque es lo que más necesita y además le apetece, casi con urgencia, hacer en ese momento.

—Es una pregunta sobre el universo —dice Olga.

—Sí, sobre el firmamento —dice Vasha.

—¿Por qué hay algo? —dice Olga.

—¿Cómo? —pregunta el padre.

—Que por qué hay algo en lugar de no haber nada —amplía Olga.

Andréi Petróvich Petrescov se ha quedado algo lívido, rígido, petrificado. No da crédito a lo que ha oído.

—Sí. A ver. ¿Por qué hay algo en lugar de no haber nada? —repite Vasha.

Silencio.

«Porque Dios hizo el mundo en siete días», se plantea responder, pero no dice nada, porque sabe que eso ya se lo han explicado a las gemelas muchas veces. Por otra parte, si sus hijas hablan de «algo en lugar de no haber nada» es que han llegado a pensar en tiempos remotos en los que, en efecto, no había nada, es decir, tiempos lejanos en los que sólo estaba Dios. Pero si estaba Dios, es que había algo, hubo siempre algo, salvo que Dios no estuviera cuando no había nada...

Andréi Petróvich Petrescov vuelve a ponerse las gafas. Se siente víctima de su propia perplejidad y confusión. Tanto agotamiento, piensa, puede perjudicarle. Sufrió una importante operación hace seis meses y aún no se halla recuperado del todo. Corre peligro su salud con tanto esfuerzo y actividad. La operación fue especialmente dolorosa, angustiante y pérfida. Aún no se ha recuperado del todo de ella. Se siente frágil todavía, vulnerable. Piensa que ya nada en su vida volverá a ser como antes y que, en cualquier caso, debería cuidar más de su cuerpo. Últimamente, con tanto trabajo diario, lo está maltratando demasiado.

—En lugar de no haber nada —se repite en voz baja para sí mismo.

Al darse cuenta de que se ha quedado abatido y como padre probablemente está dando una penosa imagen a las gemelas, busca reaccionar, pero ve que no puede. El ajetreado día le ha dejado reventado. Necesita, de una forma totalmente urgente, comer algo.

Las gemelas le miran expectantes. Y espectrales, porque la luz de la luna, entrando por la ventana del despacho, parece querer iluminarlas sólo a ellas.

—Sí, dinos. ¿Por qué hay algo en lugar de no haber nada?

—¿Llegaremos a suicidarnos como especie? —cree oírle decir a Vasha, que habla ahora en voz muy baja.

—¿Hay vida después de la muerte? —pregunta Olga.

Comienza a plantearse si no será verdad que sus hijas son de la estratosfera, si serán las pobres gemelas de la época en la que han nacido o vienen de planetas lejanos donde la ciencia ha logrado descifrar ya el enigma del mundo.

¿Qué esconden ellas, qué saben las dos niñas y no quieren decirle? Andréi Petróvich Petrescov piensa que está pensando todo eso porque está muy cansado, lo que le causa trastornos mentales y le hace creer que viaja, desde hace ya un buen rato, por una nube peligrosa que va mareando todos sus pensamientos. Pero, en cualquier caso, preguntas como si llegaremos a suicidarnos como especie —en el supuesto de que Vasha haya preguntado eso— parecen haber sido formuladas con un lenguaje del futuro.

¿Será que sus hijas son viajeras del espacio y en realidad no son sus hijas? Andréi Petróvich Petrescov no sabe qué hacer con sus gafas, y aún menos con sus gemelas.

—Sí, dinos. ¿Por qué hay algo en lugar de no haber nada? —cree oírle decir a Vasha, siempre repetitiva.

Quiere cenar y, después, contarles un cuento a las niñas y dejarlas bien dormidas. No se le ocurre nada mejor. Quiere, además, reencontrarse con su lecho y, a ser posible, quedarse pronto profundamente dormido. Las gemelas le miran sonrientes, con una risa de estratosfera. Vuelve a plantearse si sus hijas no habrán elegido ese momento suyo de confusión y de máximo cansancio para comunicarle que pertenecen a una civilización superior de algún planeta lejano. Pero no, también vuelve él a decirse, eso sólo lo sospecho porque estoy muy fatigado y al borde hasta de perder los nervios.

Como jamás había pensado cosas de este estilo, Andréi Petróvich Petrescov se aterra y decide agitar la campanilla que hay en su despacho, reclamar la presencia y ayuda de la sensata institutriz. En el ínterin, Olga y Vasha le acribillan a preguntas.

—¿Qué hay fuera de la familia?

—¿Qué hay fuera de aquí?

—¿Hay vacío fuera de la familia?

Tras el acribillamiento, Andréi Petróvich Petrescov teme ser asaltado por un profundo vértigo. Cuando María Gergiev llega, le encuentra medio derrumbado en el sillón principal de su despacho. La cabeza amodorrada, los párpados que le pesan. Recuerda Andréi Petróvich Petrescov que ayer sorprendió a sus hijos mayores, a Anna y Mijaíl, dictando al unísono una lista de políticos que no les agradan e ideando sanguinarios castigos para ellos. Su señor padre, el fiscal del distrito, estaba también incluido en la lista. Recuerda que desde entonces no ha parado de trabajar en la comisión de fiestas y en el juzgado y ha llegado a poner en riesgo su precaria salud, tal vez para olvidar el fuerte disgusto y la posterior discusión endiablada que tuvo con ellos. Los párpados le pesan ya como plomo.

Las niñas están frente a él, con los ojos extraviados, mirándole sin mirarle mucho.

—Fuera de aquí —susurra Olga.

—Padre, fuera de aquí, fuera del universo —dice Vasha con su lenguaje quebrado.

2

Una hora después, la cena es interrumpida por los portazos de dos comisarios enviados por la policía para comunicarle respetuosamente a Andréi Petróvich Petrescov que su hijo Mijaíl ha sido acusado de pertenecer a la banda conspiradora del insubordinado Kirov y se halla detenido en los calabozos de los sótanos de la comisaría central. Aunque esperada, para Andréi Petróvich Petrescov no puede haber peor noticia. Desesperación. No ha nacido para soportar tan pesada carga familiar. ¿Y Anna? También ella anda con la banda del maldito Kirov, se lo han comentado ya algunos buenos amigos. Pero parece que Anna no ha sido detenida. ¿Dónde estará ella? Será mejor que la encuentre antes de que resulte demasiado tarde. Por Anna siente cierto afecto, pero es tan mínimo en realidad ese cariño que es casi como si no existiera. Desde luego no puede sentir ese afecto por Dimitri y Seriozha, que no paran de moverse en la mesa y se están bombardeando en ese momento con migas de pan tratando de recuperar el imperio de la ley perdido vergonzosamente por la tarde ante las gemelas. En cuanto a éstas, ya no es cuestión de afecto, sino de saber dominar el estupor que le producen siempre que las ve actuar como si fueran las enviadas de una estrella ignorada de un desconocido firmamento.

En este preciso instante, las gemelas están haciendo rodar circularmente las órbitas de sus ojos ante las miradas atónitas de los dos comisarios, a los que acaban de preguntarles, sin duda en el momento menos oportuno:

—Señores policías, ¿por qué hay algo?

—¿Cómo?

—Sí, señores policías. ¿Por qué algo en lugar de nada? —dice Vasha.

Parece que la dura jornada no va a poder terminar nunca para Andréi Petróvich Petrescov, honrado ciudadano de Novonikolaevsk que no ve con optimismo ni el tener que cargar con seis hijos ingratos ni lo que le espera, es decir, la perspectiva feroz de tener que ir hasta la comisaría central para dar los primeros auxilios jurídicos al hijo subversivo.

Ya nada tiene vuelta atrás ni remedio. La cena ha sido inoportunamente interrumpida. Y Andréi Petróvich Petrescov deberá volver a enfundarse los guantes y el abrigo, y acompañar a los comisarios.

La abundante nieve, al salir a la intemperie, le aturde con su súbita blancura. ¿Por qué hay algo en lugar de no haber nada?, se pregunta ahora el propio Andréi Petróvich Petrescov. Se lo pregunta en su desesperación. Si en lugar de seis hijos ingratos no hubiera nada, todo estaría mejor, piensa limpiándose las gafas.

Con la visión de la nieve le entran a Andréi Petróvich Petrescov deseos de evasión que le vienen de muy lejos, de la infancia, de los días en que deseaba ser invisible. Son sueños muy precisos de invisibilidad que le acompañan desde que tiene memoria, son anhelos de ser invisible y moverse entre otros seres que también resulten ser etéreos.

El ideal: un sueño preciso, piensa Andréi Petróvich Petrescov. Y acto seguido se pregunta a sí mismo: ¿Y qué mejor ideal que la invisibilidad, que es mi sueño más preciso? Ahora bien, ¿cómo hacerse invisible teniendo seis hijos, una fiscalía, una presidencia de fiestas, una salud quebradiza, un imponente caserón en el centro de la ciudad?

Con el ritmo lento del carruaje de caballos que le traslada a la comisaría, Andréi Petróvich Petrescov piensa que para julio de ese mismo año está previsto, tras trece años de grandes trabajos, el paso del Transiberiano por la estación de trenes de Novonikolaevsk. Con una extensión de diez mil kilómetros, el flamante nuevo tren, al que todo el mundo llama así, Transiberiano, unirá Moscú con la costa del Pacífico de Rusia, más concretamente con Vladivostok, la ciudad en la que Andréi Petróvich Petrescov vivió durante algunos años y a la que siempre ha dicho que no le importaría volver.

—Novonikolaevsk —susurra para sí mismo, como si en esa palabra estuvieran resumidos todos sus problemas.

Con el ritmo lento del carruaje, el abrumado fiscal pasa por delante de esa futura estación del Transiberiano mientras piensa en lo vulgares que son sus hijos Dimitri y Seriozha. Le horroriza su repugnante mediocridad y el que se parezcan, como dos gotas de agua, a tantos grises ciudadanos de Novonikolaevsk. Cuando sean mayores, Dimitri y Seriozha no podrán ser más que unos imbéciles, como lo son la mayoría de ciudadanos de esa ciudad siberiana en crecimiento.

A Dimitri y Seriozha se les ha contagiado la pobreza de espíritu de la región y se diría que representan anímicamente el propio presente de Andréi Petróvich Petrescov: un presente del que de algún modo forman parte también Anna y Mijaíl, con sus ideales sanguinarios. Y más allá de todo, apareciendo en el horizonte, el desconcertante futuro, representado seguramente por las gemelas estratosféricas.

Ay, pobres Dimitri y Seriozha, emparedados entre la revolución de sus hermanos mayores y el Novonikolaevsk futurista de las niñas. Mientras Andréi Petróvich Petrescov piensa en todo esto, llega a la comisaría central de la ciudad y desciende lentamente del carruaje con un miedo horrible a resbalar en la nieve y de pronto ver coronado el agotador día con una desgracia más.

—¿Dónde está Anna? —le pregunta a Mijaíl cuando, tras largos trámites y declaraciones, logra quedarse unos segundos a solas con él.

—Ya no volverás a verla —le dice con mirada despreciativa su hijo—. Va a sacrificarse por la Causa.

—¿Qué Causa? —pregunta horrorizado Andréi Petróvich Petrescov.

—La Venganza del Pueblo. Asesinaremos a los reaccionarios hasta lograr el derrocamiento del Estado. Dejarán de existir todos los oficiales de la policía, los altos funcionarios judiciales, los ministros corruptos... Ejecutaremos a los fiscales que no estén con nosotros.

—Pretendes ser un criminal —dice compungido Andréi Petróvich Petrescov—. Sólo puedo alcanzar a entender eso, que quieres ser un asesino. Pero, por lo demás, no entiendo nada. Perteneces a una célula y, aunque puedo más o menos imaginarlo, no sé ni siquiera qué puede significar eso para ti. Sólo entiendo que quieres ser un asesino y que serías capaz de matarme en el nombre de tu célula. ¿Es así?

—No exactamente —se limita a responder Mijaíl con arrogancia.

Tras unas largas gestiones inútiles, Andréi Petróvich Petrescov descubre que su influencia en la policía no alcanza para reducir las graves acusaciones que recaen sobre su hijo y sobre la banda de Kirov y acaba emprendiendo el doloroso viaje de regreso a casa preguntándose dónde se habrá escondido su hija Anna. La policía sólo ha sido cortés con él permitiéndole ver a su hijo y poniendo a su disposición el coche de caballos. Pero de ahí no han pasado los favores. Ya de nuevo en su casa, Andréi Petróvich Petrescov siente que el extremo cansancio le ha desvelado al máximo y decide encender un puro en su despacho al tiempo que se acuerda de la inesperada imitación que, dos horas antes, sus hijas gemelas han hecho de él fumando. Tiene los dos ojos como faros en mitad de la noche profunda de Novonikolaevsk cuando se pregunta si las gemelas se habrán podido dormir sin que él les contara algún cuento. La casa está en silencio, duerme ahí todo el mundo, menos Suvorin, el mayordomo.

—Suvorin, no regresó Anna a casa, ¿verdad?

—No regresó, señor.

—Ay, Suvorin —dice, exhalando una poderosa bocanada de humo—. Dios anda algo duro de oído últimamente. Le estoy pidiendo al Ser Supremo que Anna vuelva a las ideas rectas, pero no hay forma.

—No sabe cuánto lo siento, señor.

Andréi Petróvich Petrescov confirma, una vez más, que no puede dialogar con nadie de este mundo, que no puede comunicar sus problemas a nadie, y menos aún, por mucha confianza que le tenga, a Suvorin, pues éste, bien amaestrado, siempre le responderá:

—No, señor.

—No sabe cuánto lo siento, señor.

—Sí, señor.

Está solo en la noche y en el mundo, Andréi Petróvich Petrescov, con una familia entera a su cargo. Es un ser aislado y en el fondo muy solitario, que tal vez sólo podría respirar si se atreviera a asomarse al espacio vacío que —piensa Andréi Petróvich Petrescov apagando de pronto el puro en el cenicero— debe de existir fuera de su familia. Pero ¿cómo se asoma uno a un espacio vacío? ¿Y cómo es posible, además, que un espacio vacío pueda sustituir a la felicidad que da la familia propia?

—Voy a comprobar que las gemelas han podido dormirse sin mi cuento de todas las noches.

—Sí, señor.

—Buenas noches, Suvorin. Puede descansar.

—Gracias, señor.

Mientras avanza por el largo pasillo del ala occidental del caserón, siente su soledad con más intensidad pero también con más placer que nunca. Lo del placer es absolutamente nuevo para él y le parece que está estrechamente ligado al dolor de avanzar a solas por el pasillo familiar. Mientras sigue caminando por ese corredor se adentra con tanta profundidad en el análisis de ese placer novedoso que acaba teniendo la sensación de entrar en tierra desconocida, en el espacio donde se encuentran los límites de su capacidad de pensar. Es como si hubiera llegado al sitio donde ya no puede ir más allá pensando. Siente un breve vértigo, como si estuviera andando ya por el corredor que conduce al espacio vacío que hay fuera de toda familia humana, empezando por la suya propia. Desde que lo operaron ha sentido, día a día, una extraña expansión de los recovecos o, mejor dicho, de las células de su cerebro.

Sobre las células —no precisamente sobre las de la banda de Kirov, que son para él un enigma— ha leído mucho desde hace años. Siempre le fascinó la lectura de Robert Hooke, que fue quien introdujo en 1665 el término *célula* —un diminutivo con el que estableció una comparación con las celdas de las abejas— en su libro *Micrografía*, escrito tras una minuciosa observación de láminas de corcho al microscopio, en las que descubrió una serie de alvéolos que eran en realidad cavidades vacías, limitadas exclusivamente por las paredes celulares del corcho, un tejido muerto.

En esas cavidades vacías, limitadas por paredes celulares, se va adentrando Andréi Petróvich Petrescov a medida que avanza por el pasillo que desemboca —es el límite del corredor, pero también le parece el de su mente— en la silenciosa habitación de Olga y Vasha, las gemelas. Entra en ese cuarto en un estado de excitación tan grande que cualquier cuento del mundo se le presenta ahora como algo muy limitado. Jamás el silencio de la noche le había parecido tan profundo como en ese momento. Las niñas, con dos sonrisas heladas, parecen dormir. Y Andréi Petróvich Petrescov las mira largo rato, las observa, intenta descubrir rasgos físicos que reconozca con toda exactitud como suyos, como propios de los Petróvich o de los Petrescov. Las mira y remira y llega hasta a imaginarlas volando por el espacio, viajando a diario desde una lejana estrella para visitar el caserón del fiscal de Novonikolaevsk en el que simulan ser sus hijas. Creyendo que no le escuchan, Andréi Petróvich Petrescov les narra un cuento:

Érase una vez un hombre que siempre pensaba en sus dos esposas heladas, muertas, las dos enterradas en ataúdes de hierro, bajo montones de tierra nevada, las dos en el viejo cementerio de una ciudad en la que todas las familias componen un fúnebre tejido muerto. Ese hombre es vuestro padre, que siempre ha sido tan sólo un personaje de cuento, pero también un fiscal de la audiencia de Novonikolaevsk que ha enviudado ya dos veces y que de sus dos matrimonios ha tenido seis hijos que le complican mucho la vida. Es un hombre al que operaron hace unos meses y que está dejando atrás su dolencia como buenamente puede y que, habiéndose enterado de que en África algunas tribus de la selva ecuatorial consideran que cuando un enfermo se cura tiene que cambiar de nombre y adaptar otro nuevo, piensa llevar a cabo ese cambio esta misma noche. Es un hombre que todos los días les cuenta a sus hijitas un cuento como éste, como el que os cuento ahora a vosotras, tan dormidas. El cuento de hoy dice que érase una vez un fiscal de la audiencia de Novonikolaevsk que vivía amargado porque sus dos hijos mayores se habían vuelto unos asesinos de célula criminal, su tercer y cuarto hijo eran unos perfectos estúpidos y sus dos hijitas pequeñas eran extravagantes y raritas y habían sido enviadas a la tierra por una raza misteriosa de alguna lejana estrella. Atrapado entre la revolución, la vulgaridad y el futuro sideral, el fiscal de Novonikolaevsk trabajaba como un esclavo todos los días, hasta la extenuación misma, para sacar adelante a su ingrata familia. Incluso si estaba muy fatigado, todas las noches les contaba un cuento a sus hijitas, mientras en su cerebro se iba consolidando, cada día con más fuerza, la fresca idea de dejarlo todo, cambiar de nombre e iniciar una vida nueva lejos de Siberia. Él sí que tenía un verdadero proyecto para una revolución en Novonikolaevsk. Y un día, un 17 de enero de 1904, en plena noche cerrada, sintiéndose infinitamente cansado pero sin poder cerrar los ojos, mientras contemplaba a sus dos pobres hijas dormidas, decidió en silencio abandonar el caserón familiar y dirigirse andando hasta la puerta del *Diario de Noticias* de Novonikolaevsk, esperar a que llegaran los primeros empleados y redactar un anuncio que ocupara al día siguiente un ángulo discreto de una página del periódico, un anuncio anónimo que diría que era más necesario que nunca poner en marcha la revolución de los enemigos de la sociedad cristiana montada sobre las raíces de las egoístas familias y dar el primer paso para una sociedad más justa y fraternal de individuos solos. «Yo, ser aislado que debe respirar a partir de ahora rodeado de un espacio tan vacío como alejado de toda familia cristiana, convoco a todos los ciudadanos que lo deseen a unirse y constituir la fraternal Sociedad de Padres de Familia Solitarios», terminaría diciendo el anuncio, que jamás permitirían que se publicara, pero que, como mínimo, él habría tenido la osadía, la valentía, el buen humor de redactar.

Así terminaba su cuento. Luego el fiscal calló un buen rato y terminó añadiendo, sólo por el puro placer de decirlo:

—Novonikolaevsk.

Antón Chéjov estrenó ese día, 17 de enero de 1904, *El jardín de los cerezos* en Moscú. Sería la última obra teatral de su vida. Pero eso seguramente no lo llegó a saber Andréi Petróvich Petrescov, que seguramente había oído hablar de Chéjov, muy popular ya entonces en Rusia, pero sobre el que apenas tenía información ni libros. No podía saber Andréi Petróvich Petrescov que ese 17 de enero pasaría a la historia por ser el último día en el que Chéjov estrenó una obra. Como tampoco podía saber Andréi Petróvich Petrescov que mi abuelo Maurice había elegido ese día para venir al mundo, para nacer en una casa de campo en Massiac, no muy lejos de Clermont-Ferrand, Francia.

Creo que haríamos bien viendo a Andréi Petróvich Petrescov sólo como un personaje de cuento, que era lo que él realmente quería ser, que era como quería él ser visto por la posteridad y así se lo dijo a sus hijas Olga y

Vasha aquel día creyendo que las dos estaban dormidas cuando en realidad Vasha estuvo todo el rato despierta escuchando en silencio aquel cuento susurrado en la mitad de la noche patética y profundamente provinciana y prescindible de Novonikolaevsk.

Vasha recordaría, a lo largo de muchos años, palabra por palabra, aquel cuento que, susurrado en el silencio nocturno, aspiró siempre en vano a disolverse en el vacío. Y hacia 1914, en el exilio de Berlín, Vasha lo contó como tal —como un cuento— a su amigo del alma, a mi abuelo Maurice, uno de cuyos nietos soy yo, a quien el cuento me ha llegado casi incólume, transmitido con fidelidad por una delicada cadena familiar que ha preservado del olvido la memoria casi exacta de las palabras noctámbulas de aquel fiscal de Novonikolaevsk que, una noche, acabó deseando ser tan sólo un simple personaje de cuento y el fundador de una sociedad más justa de hombres solidarios y solitarios.

Su historia ha llegado hasta hoy, ha llegado hasta mí a salvo de demasiadas transformaciones. Y yo hoy no hago otra cosa que ser un eslabón más de la cadena y transmitirla para que solitarios del futuro recojan el guante y se organicen como quería organizarse el padre de la amiga rusa de mi abuelo. He contado su historia respetando escrupulosamente su voluntad de pasar por la vida siendo sólo el personaje de un cuento. De un cuento ruso, añadiría yo ahora, sentado cómodamente en esta terraza de este bar de Malibú, bajo una sombrilla listada, en plena ola de calor tropical. Llevo unos pantalones color magenta, zapatos de cuero en tono cereza, y una prenda deportiva que parece un fino pijama azul. No voy muy elegante, porque soy americano y porque, sinceramente, hace hoy mucho calor y no estoy para vestir de etiqueta. Tengo treinta años recién cumplidos y, tal vez porque aún no he visto en mi vida la nieve, siento una ligera y extraña nostalgia de ella. A veces creo notar que gotas de lluvia se deslizan temblorosas por las células de mi cerebro, que como mínimo es tan fúnebre como el tejido muerto en el que se mueven todas las familias de Malibú: familias enterradas todas en vida en ataúdes de hierro que descansan al sol de estas playas del Pacífico, donde un simple *bloody mary* me coloca en breves segundos —como ahora— en el paraíso.

EL DÍA SEÑALADO

Isabelle Dumarchey tenía diez años cuando una gitana le pronosticó que moriría sedienta y de pie, tal vez bailando, en un día de invierno muy lluvioso, de un año imposible de determinar. Sus padres no le dieron mayor importancia a esas palabras. Morir de pie, sedienta, un baile en invierno, la lluvia... Todo era estrambótico, tirando a absurdo y, por otra parte, bastante impreciso. Pero la niña Isabelle quedó impresionada, y cuando pocas semanas después llegaron los días invernales y lluviosos, se la vio de pie en muchos sitios, siempre sufriendo o balanceándose extrañamente, riendo nerviosa, con una botella de agua mineral, como si temiera ponerse a bailar y quisiera ir a sentarse lo más pronto posible. Al año siguiente, todo pasó al olvido. La cambiaron de colegio y además, al entrar en la adolescencia, Isabelle pasó a preocuparse de cosas muy distintas de los vagos oráculos de una gitana de feria.

Lo olvidó todo hasta que, un día, cuando tenía ya veinte años, tuvo un extraño sueño en el que ella era Calpurnia Pisonis, la mujer del emperador Julio César, la misma que tuvo un presagio terrible mientras dormía y le predijo a su marido que moriría en «los idus de marzo».

Isabelle, en su extraño sueño, dejaba de ser de pronto Calpurnia para convertirse en la propia Isabelle y tenía una revelación en la que se le predecía que moriría vestida con una blusa o tal vez una falda negra, bailando, sedienta, un dos de febrero en el que llovería. Al despertar, comprobó que se había quedado, como en los viejos tiempos, aterrada. Los presagios de la gitana habían reaparecido y ahora, además, con el añadido de una ropa negra y una fecha señalada, el dos de febrero. Tras largas reflexiones, decidió no darle excesiva importancia a todo aquello, pues pensó, con buen juicio, que no podía pasarse la vida, cada dos de febrero, pendiente de si llevaba una blusa o una falda negra y llovía, y, en el caso de que lloviera, de si bailaba o andaba sedienta.

Pero dos años después, mientras caía la tarde de un frío dos de febrero, esa voz incontrolable que a veces nos habla en nuestro interior le recordó, en forma de parco mensaje, el viejo augurio, añadiendo la novedad de que su muerte estaría relacionada con la película *El Álamo* que dirigiera John Wayne en 1960. Un extraño añadido al viejo vaticinio. Para entonces Isabelle, que había vivido de niña en Clermont-Ferrand, ya tenía un apartamento en París, un novio que era teólogo y bastante aburrido, se divertía aprendiendo el arte de la esgrima y estaba a punto de terminar sus estudios de Periodismo. Aquel día no llovía ni iba vestida con ropa negra alguna, por lo que se quedó tranquila, pero un tanto inquieta por el extraño añadido que le había caído al viejo augurio. Recordó que había visto la película *El Álamo* cuando era niña, más o menos por los días en los que la gitana le predijo su muerte de pie, tal vez bailando, sedienta, en un lluvioso día de invierno.

En *El Álamo* se narraba la verdadera y legendaria historia de un grupo de soldados que sacrificaron sus vidas en un combate desesperado contra el ejército mexicano. Pensó que tampoco era para preocuparse tanto, pero no se atrevió a contárselo a nadie, ni a su novio. Mantendría a raya a la muerte, se dijo Isabelle, siempre y cuando no volviera a ver esa película de Wayne ni viajara a Texas, en Estados Unidos, y se le ocurriera visitar las ruinas de El Álamo. Tampoco era tan difícil evitar cruzarse con aquella película de la que John Ford había dicho que era la más grande de la historia del cine, pero de la que en realidad apenas ya se hablaba. No le pareció a Isabelle que El Álamo pudiera entrometerse mucho en su camino, ni la película, ni las ruinas tejanas. Y de nuevo decidió no concederle demasiada importancia a la predicción, aunque en los días siguientes continuó dándole algunas vueltas a todo aquello, y una noche, al irse a dormir, quizás porque estaba baja de moral, se preguntó si en realidad el presagio no habría querido indicarle que moriría simplemente junto a un álamo, un álamo cualquiera.

Eso la dejó, por unos minutos, trastornada. Llegó a preguntarse angustiada si no moriría bailando, sedienta, vestida de negro en un dos de febrero lluvioso, cerca de un álamo cualquiera. Debía empezar a tomarse más en serio todo aquello, pensó Isabelle. Y aunque superó los momentos más álgidos de su terror, el asunto permaneció obsesivo en su recuerdo y se le complicó en los días siguientes cuando se enteró, por ejemplo, de que había una población llamada El Álamo cerca de Madrid. Y también otra en Nuevo León, México. Y dio por hecho que seguramente el mundo estaba lleno de pueblos que se llamaban El Álamo, y ya no digamos parajes llenos de álamos.

Un día, decidió cortar con todo aquello, decir basta. Dispuso con toda la razón del mundo que, como era imposible tomar muchas precauciones para aquel peligro en forma de Álamo, tenía que olvidarse de la amenaza, del mismo modo que para cualquier persona normal —por normal entendía Isabelle sin augurios como los suyos— no era conveniente temer a la muerte, temer a una cosa tan breve durante tanto tiempo. Lo mejor era desterrar el presagio a un cuarto trastero, a una especie de desván olvidado. No podía una pasarse la vida pensando en el día de su muerte.

Esa decisión le facilitó estabilidad en la vida cotidiana.

Se casó con su novio teólogo, avanzó en sus prácticas de esgrima, le prometió a su marido muchos hijos, encontró un buen trabajo como redactora en un interesante canal de la televisión privada. El viejo augurio se le aparecía sólo de vez en cuando y jamás de un modo que pudiera considerarse inquietante. Hubo, eso sí, algún dos de febrero en el que Isabelle se acordó perfectamente de la fecha y vio alterados un poco sus nervios al percibir que llovía. Pero la cosa no pasaba de ahí. Llovía y estaba de pie en la redacción de la televisión privada, pero ni tenía sed ni ganas de bailar ni había álamo alguno acechando allá fuera.

Llegó un dos de febrero que resultó ser algo distinto a los anteriores en relación con el presagio. Llovía con fuerza casi desmesurada. Isabelle estaba de pie en la redacción hojeando las memorias de Winston Churchill, el político sobre el que tenía que escribir algo para los informativos de la una de la tarde. De pronto, dio con un fragmento que, por darse la coincidencia de que ella tenía en aquel momento cierta sed, la sobresaltó ligeramente:

—¿Tiene usted sed a menudo? —le preguntaron a Fields.

—Nunca permito que las cosas lleguen tan lejos.

Fue casi corriendo a buscar una botella de agua a la máquina expendedora del pasillo de la cuarta planta y, mientras se dirigía hacia allí, se dijo que si encima Churchill hubiera llegado a escribir que Fields se hallaba descansando a la sombra de un álamo, ella podría haber tenido allí mismo un colapso. Pero Churchill no había llegado tan lejos. Isabelle pasó un buen rato del resto de la jornada sentada junto a una ventana, donde hacia las seis de la tarde constató con gran alivio que habían escampado las nubes, y ya no había peligro de lluvia alguno, y entonces suspiró y rio y hasta contagió su misteriosa alegría a toda la redacción.

Ignoraba Isabelle, aquel día, que le esperaba para el año siguiente un dos de febrero que no olvidaría. En diciembre hubo modificaciones en la dirección de la empresa y se pensó inmediatamente en ella para ascenderla y nombrarla corresponsal en México. Eso significaba un cambio importante en su vida, pues a partir de entonces dejaría el anonimato de la redacción y aparecería en pantalla y su rostro podía hasta llegar a hacerse popular. La oferta de traslado le hizo mucha ilusión. Había un pequeño inconveniente y era que a su marido teólogo no parecía alegrarle el cambio de país y de domicilio. En realidad lo que menos le convencía era México y hasta parecía que, en lugar de ese país, le hubieran dicho Tanzania. Su marido no sólo era poco viajero —en claro contraste con Dios, su constante objeto de estudio y una figura claramente cosmopolita—, sino que, además, aunque bien escondidos, tenía severos prejuicios raciales.

—México —decía a modo de lamento todas las noches antes de apagar la luz del dormitorio conyugal.

—¿Cómo?

—México —repetía, y parecía que estuviera rabioso o llorando.

El marido teólogo fue volviéndose un inconveniente para Isabelle, que deseaba escalar en su profesión y veía en la corresponsalía una oportunidad única de darse a conocer a los telespectadores de aquella interesante cadena y subir peldaños en su carrera.

Y un día, dos meses antes de tener que viajar a México, Isabelle Dumarchey abandonó al teólogo.

—Dios es grande y yo también —le dijo Isabelle.

Y como fuera que su marido ni sonrió, le dejó. Ahí te quedas, vino a señalarle. No le dio oportunidad ni de cambiar de opinión sobre México. No tenían hijos, se sentía ya muy cansada de aquel aburrido marido inútil y, en definitiva, decidió que México le abría la posibilidad de empezar una nueva vida. Aquella misma noche, tuvo un sueño terrible en el que creyó descubrir que México D. F. conectaba, a través de un túnel, con las ruinas del fortín de El Álamo. Pero no le dio mayor importancia a todo aquello, no estaba dispuesta a que viejas supersticiones le complicaran su camino triunfal hacia la corresponsalía. Si había sacrificado a su marido por aquel nuevo trabajo, más dispuesta estaba aún a sacrificar cualquier atisbo de preocupación que pudiera llegarle del viejo presagio de la gitana de feria.

Apenas parpadeó cuando le dijeron que tenía ya los billetes para viajar a México D. F. el día uno de febrero. Volvió a decirse que no estaba dispuesta a que le amargaran la vida supersticiones y viejos augurios, pero en cambio le preocupó algo que leyó sobre el aire de la capital mexicana: «México D. F. es muy fumadora y tiene los pulmones podridos, la tos asmática, la respiración entrecortada, los ojos enrojecidos. Las montañas y valles que rodean el valle en el que está la ciudad impiden la renovación normal del oxígeno. La altura tampoco ayuda demasiado».

No le faltaron a Isabelle, por otra parte, los amigos que la asustaron antes de que tomara el avión hablándole, sobre todo, del peligro inevitable de beber agua no potable y padecer cinco días seguidos una diarrea atroz. También hubo quien la dejó aterrada hablándole del mal de altura que, al llegar a México D. F., la paralizaría dejándola postrada en cama durante dos días como si se tratara de una fortísima resaca de alcohol —la «cruda» la llamaban en México—, muy pero que muy espantosa, agónica. Otros le dijeron que allí no podría practicar la esgrima, como si en México no conocieran ese sublime deporte. Todo eso trajo la ventaja de que le fue restando trascendencia a la pequeña superstición del presagio gitano, una preocupación que a última hora incluso se diluyó del todo ante los importantes cambios que sufrió su viaje. Cuando iba ya a subir al avión, la avisaron que debía, nada más llegar a México D. F., cubrir la urgente y atractiva noticia del huracán caribeño Dolores, y para ello tenía que dirigirse, en cuanto arribara a la capital, al puerto de Veracruz, en el golfo de México.

Como aquellas instrucciones de última hora alargaban el viaje y, además, la obligaban a debutar con una rapidez que no tenía prevista, todo aquello terminó por situar en un discreto plano cualquier desasosiego por la cercanía de la fecha del dos de febrero. Es más, se le olvidó por completo aquella minucia del viejo vaticinio gitano y pasaron a un primer plano estelar las preocupaciones que le causaba tener que debutar ante las cámaras tan pronto, pues no sabía muy bien cómo iba a hacer para cubrir la llegada del tifón Dolores a las costas del golfo de México.

En el avión durmió en las primeras horas y luego, al despertar, habló largo rato con su compañero de asiento, un abogado de Oaxaca que la felicitó por hablar tan bien y de forma tan simpática su idioma. Cuando Isabelle le habló de que iba a cubrir las informaciones sobre el Dolores, el abogado quedó algo compungido y quiso saber si no sería peligroso ir allí y si no iban a obligarla a ir en chubasquero y tomar planos arriesgados de esos en los que grandes olas chocan al fondo contra un barco del puerto de Veracruz. Logró preocupar a Isabelle, que hasta deseó por unos segundos que estuviera su marido teólogo al lado para consolarla.

El abogado de Oaxaca quiso desviar la conversación, no preocuparla más, y durante un rato se dedicó a hablarle de la idiosincrasia de su país. Le explicó que las relaciones del mexicano con los otros estaban teñidas de recelo.

«Cada vez que el mexicano se confía a alguien, cada vez que se *abre*, abdica. Y teme que el desprecio del confidente siga a su entrega», le dijo. Y le explicó que esa reacción no procedía únicamente del temor a ser utilizados por nuestros confidentes, sino de la vergüenza de haber renunciado a la soledad.

Cuando el abogado cayó en un sueño profundo después de la comida, Isabelle comenzó a preguntarse demasiadas cosas, sobre todo cuando cayó en la cuenta de que no sabía si irían a buscarla al aeropuerto de México D. F. para encauzarla hacia Veracruz. ¿Cómo no les había preguntado antes? Se había aturdido demasiado con las instrucciones y no había concretado todos los detalles. Pero lo más lógico, pensó para tranquilizarse, era que alguien estuviera allí para recibirla y le diera el billete de enlace a Veracruz. Es más, lo más probable era que la esperara un equipo entero de televisión con el que viajaría para cubrir la información del huracán.

Se volvió a dormir, esta vez profundamente, y cuando despertó, creyó que alucinaba. Estaban llegando ya a México D. F., y el avión sobrevolaba la ciudad sobre la que acababa de caer la noche. La grandiosa ciudad, la que se extendía sin que pudieran verse sus límites, imponía respeto. Y lo más impresionante de todo era el silencio absoluto que había en el avión, como si todo el mundo estuviera alucinado y estremecido ante la visión nocturna, desde el aire, de la una de las ciudades más pobladas del mundo.

Sabiendo que era su primer viaje a México, su compañero de asiento le dijo que México D. F., vista desde arriba y de noche, espantaba, pero que no debía dejarse llevar por temor alguno, pues la ciudad era simplemente una gran fiesta y seguro que cuando hubiera terminado su trabajo en Veracruz y volviera a D. F. para instalarse allí, iba a pasarlo muy bien. «Ya verá como no me equivoco», le dijo el abogado con una mirada amistosa.

¿Amistosa? Al hablarle de que no debía dejarse llevar por temor alguno, había introducido la palabra *temor* donde antes no había palabra ni temor alguno. Tal vez aquel abogado de Oaxaca le había silenciado el verdadero motivo por el que México D. F. podía acabar infundiendo mucho miedo al visitante: un pánico que nacería de la sensación de no poder abarcar toda la ciudad, de no poder alcanzar todos los márgenes, de quedarse uno limitado a la visión de un barrio, tal vez a la visión sólo de un cuarto de hotel, o a la reducida visión de dos iniciales misteriosas: D. F.

Sabiendo que era su primer viaje a México, la azafata de Air France —con la que había cruzado cuatro palabras antes de quedarse por segunda vez dormida— le comunicó su propia inquietud cuando le habló de ciertos problemas que podía tener cuando se relacionara con los habitantes de aquella gigantesca ciudad. Le contó que al principio podía parecerle sencillo hablar con ellos, se podía hablar del tiempo, por ejemplo. «Hoy hace muy buen tiempo», seguramente le comentaría un taxista. Pero al contestarle que sobre todo la luz era muy hermosa, el taxista no le respondería nada, se produciría un cortocircuito del lenguaje, el típico cortocircuito que se producía en aquella ciudad hasta en las conversaciones más banales. «Nadie acepta en esa ciudad hablar un lenguaje común», le dijo la azafata a modo de conclusión.

Pensó en confiarle sus temores a su compañero de asiento, pero se limitó a suspirar, pues no tardó en ver que si le confiaba su miedo, después arrastraría la vergüenza de haber renunciado a su soledad. Pensó: La que se confía se enajena. De alguna manera, era como si se hubiera vuelto mexicana sin haber pisado tierra. Así que decidió callar, se quedó mirando por la ventanilla la pavorosa imagen de la infinita, inabordable, inacabable México D. F.

Ya en tierra, todo transcurrió muy rápido. «Hoy hace mucho frío», le dijo la joven que fue a recibirla en nombre de la cadena privada de televisión y le explicó que estaba allí para facilitarle el traslado a Veracruz, donde la esperaba todo el equipo de transmisión, siete personas en total. Pero aquel «Hoy hace mucho frío» dejó forzosamente algo descolocada a Isabelle, pues el calor para ella era aplastante, de modo que dedujo que la palabra *frío* tenía connotaciones distintas en México. «Sin embargo, la luz es espléndida», contestó Isabelle. Estaba advertida y no le sorprendió. La joven no le respondió. Se produjo un cortocircuito en la conversación. La joven no le dijo nada más hasta que llegaron al coche, que en una hora las dejó en el hotel Majestic, en el centro mismo de la ciudad, en el Zócalo. «Mañana vendrán por usted. Hoy es conveniente que descanse un poco», le dijo la chica, y, tras darle una breve serie de instrucciones, se marchó.

Isabelle decidió acostarse, esperar en la cama todas las horas que fueran necesarias, hasta que a la mañana siguiente fueran a buscarla. Así se pondría al día en cuanto a la diferencia de horario. No estaba muy convencida de que debiera salir un rato sola a la calle, dar un breve paseo, ver cómo era el Zócalo, por ejemplo, y entrar en su imponente catedral. Sabiendo que era su primer viaje a México, le pareció más prudente tomar ciertas precauciones, no moverse del cuarto de hotel hasta que a la mañana siguiente fueran a buscarla. Había que evitar, por ejemplo, pisar el Zócalo y que le diera de golpe el mal de altura. Bebió agua de una de las dos botellas etiquetadas que le habían dejado en la mesita de noche y se alegró de haber recordado que no debía beber agua del grifo, pues ésta no era potable.

Miró largo rato por la ventana y observó la vida nocturna en el Zócalo. Vio todo un poco borroso, pero le pareció observar que la gente andaba muy despacio, algo que decidió atribuir a la altura. Cualquiera se atrevía, pensó, a bajar sola al Zócalo para andar por ahí tan despacio y de noche. Desde su ventana podían verse, a la entrada de la catedral, muchos limpiabotas. Y pensó que aquello ya lo había visto en una película de John Huston, *El tesoro de Sierra Madre*. ¿Estaba México D. F. dentro de una película? Vio que en la catedral sólo entraban hombres a rezar a la Virgen de Guadalupe, y eso, aunque ya le había sido advertido por un libro o guía turística que llevaba, no dejó de parecerle muy excéntrico. ¿No eran en Francia los hombres más hombres, sobre todo en su Clermont-Ferrand natal, si no pisaban la iglesia, que era asunto de mujeres? Luego pensó o, mejor dicho, se preguntó si había pisado realmente dominio mexicano. Porque hasta ahora, pensó, sólo he pisado brevemente el asfalto del aeropuerto y ese par de adoquines que separaban el coche de la entrada del hotel Majestic. Pero me haré fuerte aquí, siguió pensando, no me moveré hasta que mañana vengan a buscarme, no quiero que me dé el mal de altura y me deje inmovilizada la «cruda», no quiero correr riesgos.

Se le acabaron muy pronto las dos botellas de agua de la mesita de noche y llamó a recepción pidiendo más botellas, que nunca llegaron. Se durmió y soñó que México D. F. era un desierto y ella padecía una sed terrible a causa de las excesivas precauciones que había tomado como visitante de aquella ciudad extranjera, llena de carteles en los que se decía que era obligatorio, cuando llovía, vestir de negro, deshidratarse y bailar.

Cuando despertó, tenía mucha sed. Y había que recordar que era dos de febrero. Volvió a llamar a recepción. Y volvieron a prometerle que le subirían inmediatamente dos botellas de agua mineral. Si ahora se pone a llover, me muero, pensó Isabelle. Había vuelto la pesadilla del presagio que la perseguía desde niña. Sin embargo, el día era soleado y no parecía oportuno perder mucho tiempo en antiguos augurios. Pronto le traerían el agua, con la que se cepillaría los dientes, pues le habían advertido que no debía tocar el agua del grifo ni siquiera para la higiene dental, pues la bacteria más mínima podía causarle la infección más grave.

La llamaron por teléfono y oyó la voz muy dulce de un hombre que hablaba en diminutivos y le dijo que estaba allí abajo en recepción, preparadito para acompañarle en taxi hasta la estación de autocares, donde tomaría uno que iba a conducirla hasta Veracruz.

Se vistió apresuradamente y pidió a recepción que enviaran a alguien para transportar el notable equipaje.

—¿Y el agua, señora? —le preguntaron. Dudó unos instantes. Ya la había olvidado.

—Súbanla, claro.

Se quedó entretenida mirando una revista en la que entrevistaban al escritor Carlos Fuentes, cuyo abuelo había sido un banquero de Veracruz. Fue a parar precisamente a un párrafo en el que el escritor decía:

«Un día fui al cine con mi padre a ver una película sobre la independencia de Texas. Y en medio de la batalla de El Álamo, al lado de mi padre diplomático, me levanté y grité: ¡Viva México! ¡Mueran los gringos! Y mi papá me sacó del cine corriendo: "¿No te das cuenta de que soy diplomático, y tú pegando esos gritos en el cine?". Pero yo tenía diez años y una emoción muy mexicana».

¿Creía que no había relaciones directas entre El Álamo y Veracruz? Pues ya tenía la prueba de que alguna existía. No era para preocuparse, pero sí para tenerlo en cuenta.

Pasó un rato y no le subieron el agua. Vino, en cambio, el mozo, dispuesto a bajarle las maletas. Ya en la recepción, antes de entrar en el taxi que la esperaba en la puerta, pidió un vaso de agua urgente. Tenía tal sed que parecía que estuviera en la batalla de El Álamo. Le trajeron el vaso de agua y lo bebió inmediatamente y, por un momento, dejándose llevar por un pánico inesperado, tuvo la impresión de que aquel vaso no sólo no le había quitado para nada la sed, sino que, además, le había nublado la vista, como si hubiera querido ahogar sus ojos. No, no. Tiene que ser imaginación mía, estoy demasiado alterada, nerviosa, pensó en buena lógica. Pero veía todo ligeramente más borroso que antes, como filtrado por arenilla del desierto.

Sobre todo no ponerse nerviosa, se repitió a sí misma, y luego suspiró muy fuerte cuando entró en el taxi que, tras un largo recorrido, la dejó justo al pie de la puerta de entrada de un autocar de lujo que iba a Puebla, Xalapa y Veracruz. En el trayecto en taxi, el hombre de la voz dulce, un empleado muy amable de la cadena privada de televisión, se puso a hablarle del buen tiempo que hacía aquel día. Isabelle pensó en contestarle que la luz era espléndida pero, como ya sabía a lo que se exponía, no le comentó nada de todo eso. Prefirió decirle: «Permítame que le haga una confidencia, ¿sabe usted que tengo la rara impresión de que todavía no he pisado verdaderamente tierra mexicana?». Se produjo un cortocircuito. El hombre que hablaba en diminutivos no le respondió nada. Como si la palabra *confidencia* hubiera provocado ese cortocircuito. Viajaron en silencio hasta que el taxi les dejó al pie del autocar de lujo. Ahí el taxista le bajó todas las maletas y se las dejó en la zona de equipajes del autocar. Y el hombre de la voz dulce le dio el billete y le deseó, con palabras más cargadas que nunca de diminutivos, un buen viaje.

Isabelle subió al vehículo y, nada más instalarse en su asiento, notó que la sed había ido en aumento. El hombre de la voz dulce se había quedado junto al autocar a la espera de que Isabelle partiera y poder despedirla. Cuando arrancó el coche de lujo, el hombre agitó su mano y le dijo adiós.

—Agüita —le respondió Isabelle.

Pero la ventanilla cerrada impedía que su voz pudiera ser oída, y el hombre de la voz dulce no entendió lo que ella decía. Quienes sí pudieron escucharlo y entenderlo fueron los jóvenes con traje y corbata y cartera de ejecutivo que estaban sentados cerca del asiento de Isabelle y que, poco después, tras preguntarle si quería agua, le indicaron que había una nevera al fondo del vehículo. Era un magnífico autocar de lujo. Sólo doce plazas y grandes ventanas panorámicas, y ante todo comodísimo. Pero dos problemas parecían interponerse en el horizonte de Isabelle. Por un lado, seguía teniendo sed. Y en segundo lugar, cuando había mirado hacia el fondo del autocar, hacia la nevera colectiva, había confirmado que lo veía todo borroso, como filtrado por arenilla del desierto.

¿Se habría vuelto de golpe miope en México? Era una posibilidad. Para tanta sed, en cambio, no tenía explicación alguna. Se armó de paciencia ante lo borroso y fue por el largo pasillo hacia la nevera del fondo, y allí se bebió una botella entera de agua. Le pareció hasta raro, por fin había calmado su sed. Sonaba, de música ambiental, un fragmento de *La Traviata*. Con ese fondo melódico italiano y un aire acondicionado que la divorciaba completamente de la realidad exterior, fue deslizándose el autocar por las estrechas carreteras secundarias de las afueras de México D. F.

La música de *La Traviata* le daba un extraño matiz italiano al desolado paisaje que se veía fuera. Mulas vacilantes, barracas miserables, niños desnudos bañándose en arroyuelos. Pobreza galopante. Sólo alguna conversación del interior del autocar la conectaba con la realidad exterior. «Le prohibí que esa noche se *repegara* a ningún hombre porque estaba brava la luna», le oyó decir a uno de los pasajeros. Y notó de pronto que el misterio de aquella frase y la música de ópera le producían, en feliz confluencia, un inesperado y breve bienestar y se dijo a sí misma —hasta lo apuntó, para no olvidarlo, en su carnet de ruta— que la fascinación de viajar estribaba para ella en, por ejemplo, pasar innumerables veces junto a escenarios opulentos y saber que cada uno de ellos podría ser suyo y pasar adelante, como una gran señora. Y a continuación también anotó que era muy hipócrita y cínico haber escrito aquello, pues no eran precisamente opulentos los escenarios por los que andaba marchando el autocar, en todo caso sólo eran opulentos los viajeros.

Se durmió un rato y soñó que estaba en su casa de París y vestía toda de negro y, envuelta en una nube etílica, bailaba alegremente encima de un diván rojo que nunca había visto. De pronto comenzaba a llover. Había una copa de vino sobre una mesa. Tras cubrirse el rostro con una máscara de esgrima, se notaba muy sedienta y tomaba la copa, pero, en lugar de bebérsela, daba con ella un salto mortal hacia atrás sin derramar una sola gota de vino. Un público de extrañas sombras aplaudía, y entonces ella, tras cambiar su máscara por el antifaz que había heredado de su madre, alteraba extrañamente su estatura al bajar la cabeza sin mover los hombros y después extender rápidamente el cuello como una concertina, igualmente sin mover el cuerpo. Había de nuevo grandes aplausos por parte de las sombras extrañas, lo que la animaba a volver a su danza sobre el diván rojo. Gran alboroto. La lluvia parecía entrar en el interior de la estancia en cuyo centro exacto caía poco después, fulminada por la muerte, en pleno baile, la pobre Isabelle.

Cuando despertó, estaban ya a mitad de camino, a la

altura de la ciudad de Puebla, y tenía una sed real inmensa. Había sido un espejismo la sed saciada de antes. Volvió a enfilar el pasillo y se hizo con otra botella de agua, que tampoco le calmó del todo la sed. Al volver a sentarse en su asiento, tuvo la impresión de que su panza estaba tan repleta que apenas podría levantarse de nuevo en el caso de que tuviera que ir a por más agua. Seguía viendo las cosas bastante borrosas. Y oía ya mal. «Aquí la víbora distinta, no potable», creyó que acababa de decir un pasajero. Se quedó pensando en el antifaz de su madre y se preguntó si a última hora se había acordado de incluirlo en el equipaje. Le pareció que sí lo llevaba. Era un fetiche importante y había que desear que no lo hubiera olvidado en París.

Seguía con su sed y no tenía más remedio que pensar que algo raro le pasaba. ¿No serían los nervios? ¿El temor a sentirse sedienta en un dos de febrero? Nunca había bebido tanta agua embotellada en una sola mañana y no entendía por qué seguía sintiéndose de aquella forma. Lo empezó a pasar mal porque no podía prescindir de la idea de que se había convertido en una especie de vegetal gordo, al que hacía años que no regaban. Casi le dolía ya la panza. Se tomó un calmante y al poco rato quedó medio adormecida. Despertó fresca como una rosa, pero con cierta sed. Ya no tenía complejo de panza repleta y hasta enfiló el pasillo con gracia. Gran contratiempo. Observó con terror que, mientras dormía, se habían agotado las botellas de agua, y tuvo que pasarse a la coca-cola. Unos minutos después, volvió a tener el complejo de fardo pesado y con panza y, aun sabiendo que era injusta, culpó de todo aquello a la coca-cola. Fuera, comenzó a llover.

—Ya son los vientos que trae Dolores —creyó oír que decía un pasajero.

La frase le pareció sombría y alarmante. Y los minutos que siguieron no pudo dejar de pensar en ningún momento en el aguacero. Caía una lluvia oblicua, en forma de cortinas de agua profundamente amenazantes. Al cruzar Xalapa, una ráfaga brutal de viento, con furiosos aullidos, pareció barrerlo todo. Y se sintió tan asustada que hasta pensó en el consuelo que habría podido proporcionarle en aquel momento su marido teólogo, aquel marido que se aburría tanto en todas partes que —era lo que menos podía soportarle— se dedicaba a escuchar las conversaciones de los otros.

Cuando llegó a Veracruz apenas logró entrever, a través del cristal empañado, a la gente que la esperaba. Estaban allí, apostados en la estación y haciéndole señas, varios integrantes de su equipo de rodaje. Desde la gran ventana del autocar en la que estaba apoyada su melancólica y desesperada cabeza, trató de hacerles comprender que lo mejor sería que subieran a por ella. Se sentía más que nunca un fardo de panza gruesa, y su sed seguía siendo tan considerable como inexplicable. Desde que había incrementado la lluvia, ella no había parado de beber tequila. A falta de agua embotellada y, odiando como odiaba la coca-cola, se había pasado al tequila y llevaba ya media botella.

Dio en el cristal de su gran ventanal golpes con la cabeza, como pidiendo auxilio. Cada vez estaba para ella todo más borroso, como si nadara en el fondo de un mar de tequila. Los del equipo técnico la miraban sin comprender nada.

—Agua —trató de decirles.

Pero la gran ventana panorámica, tan llena de cortinas de lluvia, impedía que se viera bien a Isabelle, y menos aún que se entendieran las palabras que sus labios dibujaban. Sólo estaba deseando que subieran al autocar y le echaran una mano y la ayudaran a cargar con su estómago encharcado. Pero se había creado un nuevo cortocircuito del lenguaje.

—Víbora no bebible —dijo desesperada.

Y dio unos leves cabezazos en el grueso cristal. Le pareció que las gotas resbalaban en hilos gruesos como lágrimas.

—Bienvenida, Isabelle. ¿Tienes algún problema? —le preguntaban poco después.

Ella se hallaba todavía sentada en su asiento del autocar y estaba convencida de que tenía la tripa desaforada y de que en cualquier momento podía caerse hacia delante como lo podía hacer una pared de tela soplada en una casa japonesa.

—El agua tiene siempre el color del ahogado —oyó que decía un pasajero.

El fuerte sonido de la lluvia no impidió que se oyera cómo doblaban a lo lejos las campanas de la catedral de Veracruz. Era mediodía, esa hora en la que le habían dicho que en México, aunque haya tormenta, todo el mundo se acerca a las cantinas para tomar el primer trago del día.

La llevaron a Boca del Río, a una suite en la espectacular novena planta del hotel Camino Real, una gran habitación con una terraza genial que imitaba la cubierta de un transatlántico, una gran terraza frente al mar. Allí impresionaba todavía más la tormenta eléctrica que descargaba en aquel momento sobre Boca del Río, una playa muy próxima a Veracruz. Como le habían dado tres horas para reponerse —grabarían para televisión alrededor de las siete de la tarde y el texto, previendo que ella llegaría cansada, se lo estaban escribiendo entre todos los del equipo—, Isabelle decidió, en primer lugar, no beber más alcohol, saciar su sed con agua mineral del minibar y, sobre todo, tomar una buena ducha y despejarse. No más tequila, se dijo a sí misma, consciente de que aquel día debutaba como corresponsal televisiva.

Le llamó mucho la atención y hasta le aterró ligeramente que hubiera al fondo de aquel gran cuarto un diván rojo. Encendió la televisión y vio que en la CNN estaban hablando precisamente del ciclón. Las noticias decían que la tormenta tropical Dolores había adquirido ya la categoría de huracán convirtiéndose en uno de los tifones más importantes de la temporada atlántica. Dolores acababa de incrementar en las últimas horas la fuerza de sus vientos y, tras dejar lluvias y fuertes corrientes de aire en Haití, enfilaba hacia Cuba, país contra el que podía arremeter en cualquier momento...

Cambió de canal y se quedó mirando, en una emisora mexicana, las imágenes de una película en la que unos marinos estaban sobrellevando una tempestad en alta mar. Un viento soplaba con fuerza huracanada, en rachas caprichosas que retumbaban como las salvas de grandes cañones que estuvieran disparando sobre el océano. Caía la lluvia inclinada, como cortinas que oscilaran, y en los intervalos podía atisbarse el amenazador aspecto de la revuelta marejada.

En el fondo, pensó Isabelle, era casi idéntico todo lo que pasaba fuera y dentro del cuarto. Dejó puesto aquel canal y aquel huracán de ficción y comenzó a pensar en cómo se vestiría, aquella noche, para salir por primera vez en televisión. Tenía que causar una buena impresión en su debut. Mientras se dirigía hacia la ducha, pensó que para su aparición en televisión iba a bastarle con unas palmeras detrás de ella, bien agitadas por el viento, es decir, unas palmeras borrachas, al tiempo que a ella, en cambio, se la viera serena, con cierta sangre fría, no afectada por el vendaval peligroso.

—Buenas, pero no tan buenas noches, señoras y señores, desde Veracruz. Les habla Isabelle Dumarchey en mitad de la tormenta...

Se imaginaba así, hablando ya para la numerosa audiencia. Llevaría un chubasquero y un paraguas en la mano para dramatizarlo más todo y comenzaría informando con cara de circunstancias: «La borrasca tropical Dolores ha adquirido, hace tan sólo unos minutos, la categoría de huracán convirtiéndose en una amenaza importante para Cuba y podría darse el caso de que también para esta zona del estado de Veracruz donde nos encontramos...».

Cuando salió de la ducha, se quedó helada. Vio en la televisión a John Wayne y Linda Cristal en una secuencia de *El Álamo*. Sólo vaciló unos instantes, pero pronto no le quedó ni una sola duda sobre lo que estaba viendo. Su mirada había llegado acompañada del breve relámpago de terror que acompaña a una imagen que, por nuestro propio bien, no esperábamos, y menos aún deseábamos.

También había relámpagos fuera. Seguía lloviendo.

Y ella seguía sedienta. El diván era rojo. Era dos de febrero. Se daban demasiadas coincidencias.

Trató de escapar con una ráfaga de humor y, al oír el consejo que acababa de darle Wayne a Linda Cristal, decidió que controlaría sus nervios: «No te preocupes tanto de lo que pueda suceder. Ya estás suficientemente nerviosa preocupándote por lo que sucede».

¿No había pensado exhibir cierta sangre fría en su aparición en la pequeña pantalla? Decidió que se comportaría de la misma forma en la vida real. Es más, retaría a la muerte. Se vistió con una falda negra. Y buscó en las maletas el antifaz de su madre y la máscara de esgrima. Decidió que se movería en las fronteras del vacío, probaría a ver qué sucedía si se asomaba al abismo.

Dejó un vaso de vino encima de una mesa. Y luego, cubriéndose el rostro con la máscara de esgrima, tomó el vaso y dio un salto mortal hacia atrás tratando de no derramar una sola gota del vino, pero acabó estrellándose aparatosamente contra el diván rojo, con todo el vino derramado por la alfombra.

Se incorporó, cambió su máscara por el antifaz de su madre y, tal como había visto en el sueño, trató de alterar su estatura bajando la cabeza sin mover los hombros y extendiendo después rápidamente el cuello como una concertina, igualmente sin mover el cuerpo. Pero no supo hacerlo bien y por poco se desnuca. Se incorporó de golpe y se subió al diván rojo, donde bailó hasta el cansancio.

Después, fue a contemplar desde el umbral de la terraza las descargas eléctricas sobre el amplio mar. El panorama tenía algo de pavoroso y al mismo tiempo de iniciático. Fue al baño y comenzó a arreglarse para la sesión de televisión, y, poco a poco, fue regresando a la vida cotidiana. Probó unas galletas, se secó el pelo, se puso una blusa negra para conjuntarla con la falda. Y a las siete de la tarde estaba de pie frente a la cámara de televisión, rodando en la piscina de su propio hotel, junto a unas palmeras que el viento movía con cierta violencia. Isabelle se cubría con un chubasquero amarillo y un paraguas verde, y seguía sedienta y seguía lloviendo y seguía viva, y seguía temiendo que pudiera pasar cualquier cosa.

—Los efectos del huracán Dolores —estaba diciendo a los televidentes— se hacen notar incluso aquí, a tantos kilómetros de su epicentro, aquí en Veracruz, en el golfo de México, donde la población ha tomado sus precauciones y sólo algunos valientes nos atrevemos a desafiar a los elementos...

Habló durante dos minutos y al final confundió Veracruz con El Álamo y tuvo que volver atrás y pedir perdón y sonreír. ¿Qué le estaba pasando? ¿De dónde salía aquella exasperación y nerviosismo si, después de todo, había decidido calmarse, había retado a la muerte y seguía perfectamente viva? Estaba preguntándose esto y aún estaba en directo ante las cámaras cuando una ráfaga de viento la desniveló de tal forma que estuvo a punto de caerse hacia delante como podría haberlo hecho en una casa japonesa una frágil pared de tela soplada.

Para no caerse ni perder del todo el equilibrio, dio cuatro pasos de baile, como si estuviera practicando esgrima. Y a continuación, para no estrellarse contra la cámara, se vio obligada a dar, como si se tratara de una despedida zumbona, un último paso de baile.

—Isabelle Dumarchey les informó desde Veracruz.

Como era en directo, ya no tenía arreglo su conducta. La gente del equipo la estaba mirando consternada. Tal vez hasta se haría algo famosa después de aquello. Pero había sido muy poco ortodoxo todo. André, el cámara, fue el único que se atrevió a preguntar por qué había esbozado aquellos pasos saltarines tan fuera del orden del día. Isabelle fue enigmática.

—La muerte es agradable. Nos libra del pensamiento de la muerte.

Y entró en el comedor del hotel, donde estaba preparada la cena del grupo. Isabelle pidió un vaso de agua. A causa posiblemente del miedo sufrido, tenía la boca completamente seca, mucho más seca que en todo el resto del día.

El reloj de una iglesia cercana dio las horas, una tras otra, una tras otra, como si se hubiera encogido el tiempo.

—Los relojes están parados —comentó Isabelle de pronto.

Y aquello sin duda tampoco venía demasiado a cuento. Nadie supo qué decirle. Se quedaron mirándola con cierto recelo. La cena fue animada y hubo una larga sobremesa en la que se hicieron bromas sobre sus egregios pasos de baile, como tratando de restarle gravedad a aquello, aunque sabían que podía costarle el despido. Todavía en Francia debían de estar preguntándose por qué aquella nueva corresponsal en México era bailarina y socarrona, tan bromista. En un momento dado, hasta brindaron por ella.

—Me gusta la soledad, incluso cuando estoy sola —dijo Isabelle.

Se comportó de aquella forma arisca precisamente en

el momento en que levantaban las copas en su honor. Pero todos rieron creyendo que estaba medio borracha como ellos. El hecho era que no había parado de decir frases alejadas de lo usual desde que empezara la cena. Nadie parecía haber percibido esto como tampoco que a veces, durante breves ráfagas de tiempo, se quedaba inmovilizada, mirando al frente, boquiabierta, lívida, tan rígida que no se movía ni un músculo de su cara, carente de expresión alguna.

Era como si la tempestad le hubiera revuelto el alma, como si ya no fuera la misma de hacía unas horas cuando había descendido del autocar.

—Más allá de esta tormenta, hay otra vida —dijo poniéndose en pie.

Aplausos.

Se quedó rígida, mirando al frente, inmóvil, boquiabierta, sin aliento.

—Lo dices riendo —le señaló André, todavía entre aplausos y bromas.

—Lo digo riendo porque es muy serio —reaccionó ella.

Todos rieron sin saber ahora de qué. Isabelle seguía de pie. Volvió a oírse el reloj de la iglesia cercana. Las doce en punto de la noche.

—Mi padre me legó sus ganas de dormir —les dijo.

Y todos la vieron de pronto inverosímilmente lejana, a pesar de que estaba allí tan tranquila despidiéndose de ellos, pidiéndole a André un último vaso de agua, que éste le pasó mientras le guiñaba un ojo, como preguntándole si quería que la acompañara para seguir la fiesta en su cuarto de hotel.

Risas, clima de fin de trabajo y de fiesta. La persistente lluvia. Uno de los ayudantes de André encendiendo un cigarrillo. Otro leyendo los posos de una taza de café. Olor a sal de mar. Isabelle frente al ascensor, de nuevo boquiabierta por unos instantes, inmóvil y con una expresión avejentada. Las luces del cercano hotel Mocambo reflejando en el mar la lluvia. Violetas luces de neón brillando en la piscina y ásperos matojos más allá de ella. Retirada general. Voces y risas en la noche.

—Siento como si alguien caminara sobre nosotros.

—¿Cómo se llamaba la Estatua de Sal? —preguntó alguien.

—No me gusta que llueva tanto —dijo otro.

—¿Por qué estatua preguntas?

—A ver si mañana mejora el tiempo.

—Nadie puede darme ya miedo.

El mundo parecía seguir su curso habitual, del mismo modo que, incluso en los casos extremos en los que todo está en juego, se sigue viviendo como si no pasara nada.

AMÉ A BO

Salimos hacia Nueva York, un día radiante de primavera, hace diecisiete años. Partimos contentos y confiados a bordo de la flamante nave BAW775 y ni se nos ocurrió pensar que nunca llegaríamos a nuestro destino. Dentro de unos días cumpliré cuarenta años y si de momento hay algo irreversible en toda esta historia es que he perdido mi juventud aquí en la nave. Dormir, despertar, comer, defecar, cenar, dormir, despertar. Una vida miserable.

—Oye, no te duermas —le digo a Bo—. Necesito hablar contigo.

No se mueve. Silencio. Bo no puede reaccionar de otra forma. Lleva dos años enfadada. Sin embargo, algo es verdad. Me iría bien hablar con ella y, además, que me perdonara. Se enfadó conmigo para siempre en el momento menos oportuno. Su doloroso silencio me acompaña, como un largo funeral, desde hace dos años a lo largo de este inacabable viaje espacial a Nueva York.

No sé si podré escribir lo que ha sucedido aquí en la

BAW775, pero lo cierto es que soy el único que puede hacerlo. Todos los demás han muerto. La última en sucumbir fue Bo, hace dos años. Ahora ella es una cápsula que viaja a mi lado, mi único fetiche. Los demás, incluido el reputado capitán y héroe Fyeka, fueron ya por mí en su momento reducidos a polvo, disponen de cápsula mortuoria propia, y para no tener que verlos o recordarlos constantemente los he depositado en el Almacén Interior.

No sólo no hemos llegado todavía a Nueva York, sino que las esperanzas de hacerlo son completamente nulas, porque hace ya años que pasamos de largo de nuestro destino y no ha habido forma de girar en el espacio, simplemente de dar la vuelta oportuna. Si no fuera porque lo sucedido es sumamente trágico (para mí sobre todo, porque a los demás ya qué puede importarles), me echaría ahora a reír, aunque tuviera que hacerlo con la inevitable desesperación sideral y eléctrica que tanto podría perjudicar mis pulmones.

Lo malo de todo esto es que ha seguido funcionando a la perfección el servicio de automanutención, dirigido desde el sector Buzatti de Marte&Xiacow por cerebros innovadores y sin duda muy competentes. Habría sido de desear que los demás técnicos hubieran estado a la altura de estos peritos alimenticios y hubieran sido capaces, por ejemplo (tampoco era mucho pedir), de enderezar el rumbo de la nave, y ya no digamos de salvar las vidas de oficiales y pasajeros. Pero la escandalosa ineptitud del sector ingeniero de los marxiacowianos de la vanidosa última generación ha terminado por resultar funesta para nosotros, los tripulantes y viajeros de la BAW775.

En un primer momento, hace ya la friolera de diecisiete años de esto, todos imaginamos que el único problema era que estábamos dando vueltas en redondo, sin rebajar nunca la distancia que nos separaba de Nueva York. A nadie se le ocurrió pensar que, por la impericia de los técnicos de tierra, estábamos ya viajando sin límite alguno, más allá de toda frontera del espacio y que, por mucho que avanzáramos, jamás podríamos llegar a nuestro punto de destino.

Después de tantos años dentro de esta nave, casi lo único que sé es que he rebasado la ciudad a la que nos dirigíamos con creces y aproximadamente estoy unos dos mil quinientos millones de veryciclos más allá de Nueva York. Si al menos pudiera topografiar algo en la oscuridad del espacio, me sentiría ocupado en una actividad optimista parecida a las de esos intrépidos exploradores del siglo XIX o del XX que avanzaban a través de intrincadas selvas ignotas, por ejemplo. Pero en esta oscuridad perpetua no hay nada que topografiar, nada que ver, nada que pensar que no proceda de la oscuridad de dentro de uno mismo. Porque de la oscuridad exterior no hay que esperar nada.

¿Quién iba a decirme a mí que las insulsas nubes que veía yo de niño pasar por encima de mi cabecita cuando vivía con mis padres en la lluviosa región de Faial acabarían convirtiéndose en un recuerdo extrañamente poético? Recuerdo que cuando de la isla de Faial nos trasladamos a vivir toda la familia a Marte&Xiacow no sentí nostalgia alguna de aquellas nubes. Todo lo contrario. Estaba encantado con el clima artificial de mi nueva residencia y planeta y, es más, cuando, mucho tiempo después, a los veintitrés años, emprendí este viaje de regreso a mi antiguo mundo, cuando partí de Marte&Xiacow hacia Nueva York en esta BAW775, lo último que despertaba mi curiosidad o nostalgia era mi reencuentro con las nubes de mi infancia isleña.

Ahora la única isla que para mí existe es esta nave, pero sin las nubes de antaño. Una tragedia doblemente grave, porque se presenta con matices de desesperación absoluta. Alguien dijo, una vez, que toda la infelicidad de los hombres venía de la esperanza. No puedo yo decir precisamente lo mismo. Porque, por no tener, no tengo esperanza alguna. A veces pienso que todo cambiaría mucho si viera una mínima luz en la oscuridad del espacio, pero después de no vislumbrarla en diecisiete años, raro sería que la viera ahora y sin duda, de verla, se trataría de un espejismo. No estando, por otra parte, mi ánimo para espejismos, lo peor de todo es que ni siquiera hay una posibilidad remota de espejismo. No me queda ya ni la esperanza de desesperarme.

—Oye, no te duermas —le digo a Bo—. Necesito hablar contigo.

Quisiera hablarle de lo raro que es no sólo estar sintiendo nostalgia de las nubes de mi Faial, sino también de la ciudad de Nueva York, donde nunca estuve. Yo tenía la ilusión de llegar a ella y, aunque fuera la primera vez que estaba allí, tener la sensación de haber vivido antes en esa ciudad todo tipo de amores truncados, desenlaces felices, ilusiones perdidas y fiestas inolvidables. Me ilusionaba la idea de caminar por primera vez por las calles del pujante Nueva York chino de ahora y sentir en cada esquina la memoria difusa de haber doblado ya esa esquina en otra ocasión. ¿Cuándo? No sabría decirlo. Pero sin duda yo habría estado ya allí antes de haber ido nunca, ya habría estado allí antes de estar jamás.

Nostalgia de poder sentirme como si, por ejemplo, estuviera en esa ciudad en el siglo XX, a veintisiete manzanas de donde se instaló la capilla ardiente de Marilyn Monroe, a treinta y seis del lugar donde el historiador Joe Gould rompió una radio en pedazos delante de todo el mundo, a trece manzanas de donde Harry Thaw disparó a Stanford White, a treinta y cuatro de donde un día Truman Capote vio a Jacqueline Kennedy cruzar la calle como una hoja movida por el viento. Nostalgia de poder sentirme como si, por ejemplo, estuviera en esa ciudad en el siglo XXI, a veinte manzanas de donde estaban las Torres Gemelas, a treinta y cuatro del lugar donde asesinaron a Billy Forest-Meyer, a quince manzanas de donde Clarence Stone declaró perdida la desastrosa guerra con el imperio de Chinakow, a cincuenta manzanas de donde Barry Williams y Sean Zedong ordenaron la demolición de Wall Street.

Quisiera también contarle a Bo que no puedo ya sentirme más angustiado porque no sólo no puede escucharme, sino también porque este diario de viaje no va a ser leído por nadie. No puedo sentirme más incomunicado, y sin embargo sigo escribiendo, porque me parece la única posibilidad que me queda de no angustiarme del todo, pues mi realidad es tan catastrófica que, salvo la alimentación, todo lo demás está fuera de mi alcance, incluido el suicidio.

La nutrición —elogios aparte para los solventes técnicos que crearon la máquina de alimentarse Zijk— se ha convertido en lo más inhumano que existe en esta nave. Sin que yo pueda evitarlo, me entra una inyección vía intravenosa de forma regular, cada ocho horas, gracias al despiadado dispositivo XVF9 de Zijk, dispositivo que fue accionado tarde para salvar la vida de los otros siete pasajeros, pero a tiempo para salvármela a mí dejándome a solas con este profundo y perpetuo enojo y una cargante sensación de para qué.

¿Para qué permiten a Zijk que me mantenga vivo haciéndome ingerir alimentos insípidos y viajando en línea recta en el espacio hacia una meta que no existe? Es infinitamente desasosegante mi situación. Sin amor y sin nada al fondo, sin una luz que alimente un paisaje remoto. Sólo una inyección alimentaria que penetra sin permiso cada ocho horas y prolonga así mi sensación de que marcho alejándome cada vez más de mi meta. Y todo esto amenizado por una voz obsesiva de fondo, una voz típicamente marxiacowiana (mi propia voz, claro), que me recuerda, con ganas de aguarme la fiesta, que no acabaré en Nueva York.

Una sensación de para qué. Como si en realidad, en lugar de viajar, no hiciera más que despeñarme por un opaco firmamento infinito, sin avanzar. Como si, viajando en línea recta en la oscuridad, me estuviera precipitando hacia el vacío, y ahí acabara el trayecto, sin saber encima cuándo habrá de acabar del todo.

—Oye, no te duermas —le digo a Bo—. Necesito hablar contigo.

Quisiera hablarle de lo idiota y lamentable que fue su enfado y más aún su despedida de esta nave y de esta miserable vida. Ya le había advertido que debía controlar mejor sus injustificados enfados contra mí. Ya le había explicado que a ese paso corría el riesgo de despedirse del espacio sideral con una frase banal. Hoy no puedo ya más que lamentar que fuera todo aquello tan grotesco. Le dije que estaba cansado de oírle morder la manzana. Y eso fue todo. Cada día se tomaba seis cuando el reglamento de la nave decía explícitamente que tenía que ingerir cinco. Pero no me molestaba que comiera una más al día. Lo que realmente me indignaba era el ruido al morderlas. Parecía que no le afectara que estuviéramos solos en el universo.

—Pero ¿quién demonios las muerde? —me dijo de repente.

Y comprendí que se había vuelto loca, que su enojo conmigo le había hecho perder la razón. Dio un último mordisco a la manzana y se quedó de golpe muy tiesa allí, ya no sólo con la razón, sino también con la vida perdida. Ella era mi amor y, además, mi última compañía en el mundo, porque los otros, a esas alturas del viaje y debido a los errores de la sede central, ya habían muerto. Era mi amor y se había ido de este mundo enfadada conmigo, en medio de una discusión de lo más trivial y con una última frase de despedida de lo más ridícula.

Avanzo con el recuerdo borroso de la luna y del sol y de los gestos humanos que para mí ya quedaron atrás para siempre. Avanzo en un espacio vacío: vacío, además, de vacíos vacíos. Y, para no volverme loco, imagino que hay algo ahí en el exterior y me digo que, mientras la nave avanza, unas telarañas la envuelven sin que yo pueda darme cuenta. Me entretengo buscando las telarañas, pero también recordando toda aquella agitación que había en mi planeta y a la que algunos se referían diciendo que era «la vitalidad de los tiempos», sólo porque todo aquello tan innovador era agresivo y estridente y en realidad, ahora me doy cuenta, pertenecía al reino de lo muerto tanto como cualquiera de esos cementerios de naves herrumbrosas BGH que hay diseminados por el universo vano. Ojalá algún día viera, aunque fuera muy a lo lejos, alguno de ellos, alguno de esos cementerios de naves aeroespaciales putrefactas. Por todos los dioses Buzattos, necesito ver algo, no puedo vivir más de esta manera, atravesando perpetuamente la oscuridad más opaca y entretenido con las variaciones e indicaciones de la brújula. No puedo estarme todo el rato así, imaginando telarañas que me envuelven y que no percibo. Hasta de la activa y revolucionaria brújula se cansa uno. Al principio me hacía gracia porque nunca había visto una brújula que llevara incorporado un calendario. Pero ahora ese calendario no hace más que recordarme inútilmente la hora, el día y el año en que me encuentro. Sin duda se trata del invento más estúpido de la vanidosa última generación de técnicos de mi tierra.

Veo Nueva York, no puedo ni creerlo. Y no me lo creo. Porque sigo sin ver nada. ¿Cómo voy a ver Nueva York? Es más, según la brújula, estoy ya treinta billones de veryciclos más allá de esa ciudad. Es el séptimo espejismo en muy pocos días y por ello he decidido retomar este cuaderno que no debí abandonar hace treinta años. Quiero pensar que escribir me ayudará a alejarme de nuevos engaños visuales. Después de casi medio siglo de viaje, debería ya saber que no puedo esperar nada ni de los dioses Buzattos ni del oscuro exterior, salvo la caída en espejismos perjudiciales para mi derrumbado ánimo.

—Oye, no te duermas —le digo a Bo—. Necesito hablar contigo.

—Lo presentía —me dijo ella, hará un año, con su tradicional malhumor—. Presentía que esto acabaría mal.

Como ha sido lo único que me ha dicho en treinta y dos años, vengo desde entonces dando vueltas sin cesar a lo que pudo intentar comunicarme y no he llegado a conclusión alguna. Sin duda, tuvo que ver o enterarse de algo tremendo para decidirse a romper su silencio y advertirme que todo esto acabará mal. No creo que se refiriera a la manutención de Zijk, que progresivamente, con su aplastante énfasis mecánico, va descendiendo de calidad, quizás para no convertirse en la apoteosis de la monotonía. Pero no creo que sea por eso. Sería demasiada vanidad por mi parte creer que alguien todavía esté pensando en mí. La calidad ha bajado porque la edad no perdona y, por otra parte, el temible tiempo no se ha detenido y mi físico va perdiendo sentido del gusto y del tacto.

—Me he hecho viejo, Bo.

Tal vez ella quiso advertirme que he atravesado el límite de los límites del universo conocido y sigo avanzando. Pero eso no es necesario indicármelo, creo ya saberlo, ser ultraconsciente de ello. He rebasado los límites de no sé qué. Pero la verdad es que, más allá de esos límites del universo, las cosas no han variado mucho y la oscuridad es la misma, nada cambia en este sentido, ni en ninguno. Me pregunto, además, de qué sentido estoy hablando. Sentido parecían tenerlo, en otro tiempo, hace cuarenta y siete años, las primeras peticiones de ayuda que cursamos. Pero cuando descubrimos que aquellos mensajes desaparecían en el horizonte por la parte opuesta, todos comprendimos que estábamos perdidos y muertos, y hoy puede verse que no andábamos, en este aspecto, nada errados. Los fallos técnicos hicieron el resto. Pero estoy hablando de algo que sucedió hace mucho tiempo. El recuerdo de todo aquello se me ha hecho incluso vago, impreciso. Mañana cumplo setenta años.

—Voy a salir a fumar un cigarro de aire, Bo.

Sólo el odioso calendario de la brújula y este cuaderno tienen pensado felicitarme. Creo que soy el primer ser humano que descubre, más allá de los infinitos agujeros negros y del espacio etéreo, que el humor es lo último que se pierde. Esto no es exactamente lo que me habían enseñado en las escuelas y academias. Allí decían que era la esperanza lo último en perderse. Pero no. He descubierto que sólo el humor es lo que hay más allá de los límites de los límites de los límites ilimitados.

Por estar más allá de los agujeros negros que he atravesado y que perfectamente sé que no están vacíos, no sufro ni siquiera el tan temido y horrible sentido de un vacío concreto. Y es que el vacío no es tal porque tiene en el humor un inquilino perpetuo. El humor ocupa el lugar de la esperanza en todo. El humor es el inquilino eterno del vacío. Eso ha sido lo que he descubierto y no puedo comunicar a nadie. Así que no es cierto que la esperanza sea, como alguien dijo, la resistencia del ser ante las previsiones de su mente. No. Es el humor la verdadera resistencia de fondo.

El humor es la verdadera esencia del cosmos y de lo que hay mucho más allá de éste. Lo he descubierto gracias a mi viaje pionero hacia la nada y quiero creer que eso me convierte en un descubridor de la estirpe de los mejores descubridores de la historia. La única esencia del universo es su propio humor, ese flujo o humor del cosmos que hasta por los más recónditos callejones laterales de aire etéreo se derrama y llega más allá de los límites de los límites apoderándose de todo, hasta de los más remotos agujeros negros, que no están precisamente vacíos, sino que contienen una energía de ausencia que termina por ser una extraña presencia, también humorística.

—El humor es el inquilino eterno del vacío, Bo.

Silencio también inmortal.

Con todo, debo decir que, de tener ahora alguna esperanza, la depositaría entera en un fallo técnico que me hiciera desaparecer en el horizonte por la parte opuesta. Está claro que lo único que me queda es el humor. ¿O no es puro humor y desesperación confiar todavía en un fallo técnico sabiendo que éste es imposible? Un fallo, por ejemplo, que me permitiera, más allá de los confines del espacio, desaparecer por una grieta del ultrafirmamento, una grieta que estuviera llena de fuertes corrientes de ese flujo o humor del cosmos más desconocido, que es en el que me encuentro ahora yo, descubridor hasta de las periferias siderales de la risa.

No tengo recuerdos de juventud. Si conservo alguno es porque lo anoté en este breve cuaderno. Amé a Bo. Y eso es todo. En la frase se resumen todos los recuerdos de mi malograda juventud, de mi vida entera. Yo ahora soy sólo puro humor, me confundo con el flujo del universo.

¿Amor y humor? No. Sólo he dicho que amé a Bo, y lo he dicho en pasado. De todo aquello quedan sólo sus risas. El universo es humor. Nada de amor. Yo sólo he dicho que amé a Bo, del mismo modo que leí una vez a alguien que se preguntaba por qué, a ciertas horas, era tan necesario decir *amé esto, amé unos blues, una imagen en la calle, un pobre río seco del norte.* Yo sólo amé a Bo, y punto. Y basta por hoy. Porque debo prestar atención al extraño ritmo veloz que está tomando desde hace unos días mi BAW775. Voy sin duda más rápido, como si tuviera alguna prisa, e incluso me está pareciendo que del fondo del ultrafirmamento irradia una tenue luz. No sé, pero es como si estuviera acercándome a una zona de menor opacidad, ay, donde el humor, presente por todo el cosmos, tendría una especial reserva de brillo.

Un día (decir «día» es mantener bastante alto el sentido del humor), comencé a ser escoltado por minúsculas luces que, moviéndose a mi alrededor, parecían ir reconduciendo, casi de forma imperceptible, la dirección de mi BAW775. Eran luces que intuía que probablemente pertenecían a minúsculas naves que viajaban a mi lado, pero que la severa oscuridad me impedía ver. Todo indicaba que suavemente estaban rectificando y desviándome de la monótona línea recta en la que se había fosilizado mi vida a lo largo de cuarenta y siete años.

—Presiento que esto acabará mal, Bo.

Fue una nota más de humor por mi parte. De Bo ya no esperaba nada. Pero necesitaba oír de vez en cuando mi voz, aunque hablara solo. Por otra parte, con tal de que el monótono viaje en línea recta llegara a su final, cualquier cosa que pudiera suceder, fuera la que fuera, sería bien recibida. Incluso me parecía perfecto que todo acabara mal, que, dicho sea de paso, era de la única forma en que podía acabar aquello, en el caso de que acabara.

Ahora, al menos, las posibles pequeñas naves, tal vez pequeños cazabombarderos del otro mundo, con sus minúsculas luces, me escoltaban en silencio y anunciaban algún probable tipo de conclusión o desenlace. Mi nave estaba, me gustara o no, a disposición de los invisibles avioncitos, pues mi BAW775 era una especie de gran cohete completamente indefenso desde hacía años, pues no había sido pensado para defenderse de posibles ataques ni para ir a luchar a ninguna guerra más allá de los límites de los límites de los límites de los límites del cosmos.

Ahora, después de casi cincuenta años viajando por los flujos del humor del universo, como mínimo *sucedía algo*. Con lo que no contaba era con que fuera a seguir *sucediendo* eso y tan sólo eso durante tanto y tanto tiempo. Estuve más de un año así, percibiendo que me desviaban muy suavemente de mi línea recta y poca cosa más, porque la oscuridad siguió siendo severa y *sólo sucedía eso*, hasta el punto de que comenzaron a hacérseme familiares las luces minúsculas y en más de una ocasión llegué a sospechar que eran el puro reflejo de mi propia BAW775, a la que comencé a llamar Bo directamente, como si mi cápsula amada hubiera pasado a confundirse con la propia nave.

Me había convertido en el inquilino eterno del vacío, en el inquilino perpetuo del humor del universo, y comenzaron a asaltarme ciertas ráfagas de locura que el humor mismo del ultramundo parecía encargarse de introducir en mi indefensa nave. Temía yo, cada día más, caer en las redes de alguna de las enfermedades de la memoria tan propias de mi siglo XXII. Daba gracias al humor y a las estrellas y a los dioses Buzattos por no haber padecido enfermedad física alguna hasta entonces, salvo pequeños malestares que el propio dispositivo alimenticio XVF9 de Zijk, con el delicado tratamiento médico incorporado, me solventaba. Pero las enfermedades del cerebro no las podía controlar Zijk, y eso era algo que comenzaba a inquietarme, aunque relativamente, pues en el fondo encontraba en perder mi raquítica memoria una solución a mis problemas.

De pronto, un día —será mejor decir una noche, aunque tampoco era una noche aquello exactamente—, los pequeños cazas me acorralaron suavemente y me fueron obligando a rectificar, con elegante lentitud, mi encallada y tan obsesiva dirección en línea recta.

—Amé a Bo —dije.

Lo dije como si me hiciera la señal de la cruz cristiana o me encomendara al dios chino de todos los dioses Buzattos. A modo ya de superstición. Y ya no sabía yo si amaba mi nave, que era palpable, o a la pobre Bo, que ni siquiera era palpable, salvo que tocara cariñosamente la cápsula.

En realidad, la BAW775 misma había pasado a ser una superstición, mi único asidero espiritual, mi única posibilidad de superstición.

Me hicieron descender hasta una pista de aterrizaje muy negra, como pintada de un fuerte color azabache, en un planeta completamente blanco, muy nevado, y que pronto vi que estaba superpoblado. No sabía a qué atenerme en ese momento. Y es lógico. Pero no temía lo que pudiera pasarme. Cualquier cosa sería mejor que seguir entre las cuatro paredes metálicas de mi eterna cabina de vuelo. Estoy en el planeta blanco y negro del que no me habían hablado en la escuela, pensé por pensar algo y no centrarme obsesivamente en la compleja y difícil situación que estaba viviendo.

Todo el mundo llevaba allí gafas de sol y vestía de oscuro, en claro contraste con la nieve que se perdía en el infinito. Sus ropas, por lo general, recordaban las viejas sotanas de antaño, y muchos llevaban guantes blancos. ¿Para qué o por qué me respetaban la vida? ¿Por qué no conocían la agresividad? Influía posiblemente en mi percepción el que vistieran como los jóvenes seminaristas que tanto proliferaron en siglos anteriores en el Faial de mi infancia. Observé que tenían tendencia a comportarse como niños y jugaban inocentemente con bolas de nieve que se arrojaban entre ellos al tiempo que de repente, como si se tratara de descansos en la diversión, se aproximaban muy peligrosamente a los abismos del paisaje, como movidos por una repentina necesidad especial de investigar con sus gafas negras el vacío profundo que les rodeaba. Parecían quedarse muy extrañados con lo que veían cuando en realidad no veían nada.

Entre ellos se autodenominaban «karibeños». Y pronto supe, a través de sus gestos, señales y dibujos, que el planeta se llamaba Kajada, que para mí fue, desde el primer momento, una variante de la palabra *risa*, o *carcajada*, como se prefiera. La capital era Karibe, que era donde yo me encontraba.

Kajada —como si el nombre lo dijera todo— es un planeta magnífico, hecho para la felicidad. Los kajadeños viven en perpetuo buen humor, en perfecta sintonía con la risa y gran carcajada del universo. Son muy educados sus habitantes y consideran que el bien de la república está antes que el interés personal. Todos trabajan codo con codo para lograr la felicidad común. Son cándidos, alegres, prodigan un graznido ronco cuando ríen o se carcajean demasiado.

Por supuesto, estando uno rodeado de tanta nieve, desconcierta que se llamen «karibeños». Me acordé de que cuando el descubridor Cristóbal Colón llegó a las primeras islas americanas, oyó que sus pobladores se autodenominaban «cariba» o «caniba», o algo así. La historia parecía repetirse ahora conmigo. Descubridor, de por sí, yo ya lo era. Pero ahora se trataba de algo más sutil. Era como si estuviera en un mundo paralelo y yo fuera el Cristóbal Colón del más allá de las estrellas enanas y de los agujeros negros: esos agujeros donde, por cierto, tanto se notaba la intensidad de la ausencia, aunque sólo fuera porque a la pobre Bo la echaba yo mucho en falta, mucho más que antes, tal vez porque me habría gustado poder comentar con ella todas esas extravagancias o divertidas rarezas de Kajada.

Recordé que la idea fija que había llevado al conquistador genovés tan lejos era alcanzar la India, y que fue por eso por lo que decidió que *caniba* no era otra cosa que «la gente del Gran Can, que debe ser aquí muy vecino». Los caribes no tenían nada que ver con el soberano mítico del Oriente conocido como Gran Khan o Gran Kan. Pero así se quedó su nombre. Hice yo mis pequeños esfuerzos para tratar de saber de dónde salía ese nombre de karibeños que ostentaban los habitantes de la capital de la república nevada de Kajada, pero nada conseguí averiguar. Lo máximo que llegaban a comunicarme con sus palabras, a veces algo incoherentes o simplemente incomprensibles y que yo había bautizado como «kajadadas», era: «Es que siempre nos hemos llamado así, karibeños». Después, se partían de risa. Se caían al suelo de la risa y de las carcajadas. Y enseñaban los dientes blancos de la felicidad. La pureza del blanco de la nieve y de sus dientes, en curioso contraste con el negro de sus sotanas, era un permanente delirio visual.

—Amé a Bo —les decía.

Se oía siempre una risa de fondo. Era una risa que debía entenderse como general, una risa en la que colaboraban todos. Era una risa triste, porque sonaba como una hoja seca de otoño a la que alguien hiciera crujir al arrugarla. Digamos que era la única nota de tristeza en toda Kajada, la inevitable y clásica excepción a la norma general hilarante.

Pero, triste o no, aquella risa, por encima de todo, era infinitamente seria. Yo estaba viviendo —todo me lo recordaba a todas horas— en la capital universal del humor, seguramente en el centro neurálgico de la risa general del cosmos. No en balde, tiempo atrás, había tenido lugar un combate trascendental en Kajada entre unas personas muy serias y quienes tenían una aversión invencible hacia la seriedad cuando ésta aparecía como tapadera para la ignorancia o la sandez, pues siempre habían tenido la impresión de que la misma esencia de la seriedad era la maquinación y, en consecuencia, el engaño.

Tiempo atrás, había tenido lugar el combate, y todos

los que se enmascaraban con la seriedad para disimular sus intrigas habían sido vencidos y expulsados y borrados para siempre de la faz de Kajada. Se recordaba la efeméride en lo que para mí es una especie de escudo general del planeta y para ellos, más que un escudo, es un kajdeizbeño (lo que, a fin de cuentas, viene a ser lo mismo que un escudo, pero llamado de forma distinta), donde puede leerse esta leyenda que rige para todos los súbditos del planeta: «La seriedad es un misterioso continente del cuerpo que sirve para ocultar los defectos de la mente».

En fin, y por si no ha quedado del todo claro: aterricé en la capital del humor mundial. Tres años después, había aprendido sobradamente a hablar la lengua de los karibeños. Dominaba su extraño pero al mismo tiempo fácil idioma, pues lo había practicado mucho, ya que, tras unos cómicos homenajes que me hicieron para celebrar mi llegada procedente de mi «exótico ultramundo», me habían dado trabajo en esta activa dependencia burocrática que se dedica a archivar las cartas que no llegan a su destino y desde donde, paradójicamente, yo escribo en los ratos libres frases para este cuaderno, frases que sé que tampoco habrán de llegar a destino alguno, pero que escribo para no volverme *tarumba*, palabra que significa loco y que, por cierto, es la única que es igual en mi idioma y en el suyo.

Soy un empleado de la muy respetable Oficina de Cartas Perdidas de Kajada. Un día, se me ocurrió anotar en un papel algo que leí en una de ellas y que me gustó mucho:

Primero,
pintar retratos sin modelo.
Después, pintar autorretratos sin modelo.
Quizás se pueda entonces
pintar la nada con modelo.

Por un curioso equívoco, alguien leyó esa inscripción en mi papel y desde entonces, creyendo que eran mías esas líneas, estoy clasificado como «infalible», que para la gente de Kajada viene a ser lo mismo que en mi tierra significaba ser nihilista. En mi expediente de oficinista de Cartas Perdidas figuro ahora como «infalible», lo que significa que estoy en una carpeta fichado como tal. Entre las ventajas de ser infalible —lo averigüé hace poco— está la de que podré jubilarme el año próximo. El problema es que para el año próximo falta mucho, pues aquí los días duran tres meses. O sea que habré muerto ya cuando me jubile.

¿Desventajas de ser infalible? Ser, por ejemplo, considerado un extravagante, pues creen que estoy divorciado de la nieve. ¡Como si fuera preciso elegir entre la Nada y la Nieve! La verdad es que —rarezas aparte, y las de aquí tampoco es que sean tan especiales— estoy bien en Kajada y me río todo el rato. Me he integrado en este mundo feliz que ha perdido de vista a los maquinadores y a los falsamente serios. De vez en cuando, un pequeño sobresalto. Ayer, por ejemplo, fundimos y luego enterramos tres veces (tres, por hacerle un homenaje póstumo) al único suicida que hemos tenido en Karibe (en Kajada es más habitual la muerte por mano propia) en los últimos tres años. Se trataba de un hombre que estaba en tratamiento médico («tratamiento blando», le llaman ellos) porque odiaba la risa, y eso le había llevado a reír siempre, tres veces, en señal de protesta. Con el tiempo, como si se tratara de una venganza del humor mismo del universo (una venganza de la que él no se habría dado cuenta, a causa precisamente de su falta de humor), se enamoró del número tres y comenzó a reducir todos los aspectos de su vida a una cuestión de tríadas. Hace tres días, volvió a su casa abriéndose duramente camino por entre la copiosa nieve, y al llegar al hogar se sirvió tres tazas de café, puso tres cucharadas de karhizka en cada una de ellas, se cortó tres veces la yugular con el paquete puntiagudo de la misma karhizka y con mano agonizante garabateó en la ventana de la habitación de su mujer: «¡Havana, havana, havana!», que quiere decir: «¡Adiós, adiós, adiós!».

La verdad es que nunca imaginé que acabaría de oficinista en la metrópoli del humor del universo. Resaltadas por la extrema blancura de la nieve, veo por todas partes gentes con sotanas, asomadas todas con gafas negras a los abismos. No tienen esas gentes nada que espiar porque saben que ellas mismas son el centro del espacio infinito de la risa y fuera de ellas no hay nada en varios billones de veryciclos a la redonda. Pero no se cansan de repetirme que les gusta abismarse.

—¿Y qué ven cuando se abisman? —les pregunté un día, sólo para ver qué me decían.

—La realidad que nos mira —contestaron tan tranquilos.

Es interesante. La realidad les mira. Se trata de un fenómeno de Kajada que ahora me parece ya de lo más normal y corriente. Y es que si te concentras bien, en Kajada percibes que eres observado siempre por la realidad. Así que yo soy ahora también de los que se abisman. Me doy media vuelta y miro hacia cualquier precipicio sideral y sé que la realidad está a mi espalda y me observa. Todo es acostumbrarse.

—¿Cómo fue tu juventud? —me pregunta a veces Diaghilev, una buena amiga.

—Amé a Bo —le digo.

No tengo mucho más que explicar. Por una parte, he pasado toda mi vida en un cohete monótono. Por otra, he tenido tiempo más que suficiente para ir deslizándome hacia lo simple. La complejidad de los primeros años de mi adolescencia y juventud ha ido viéndose sustituida por una sencillez absoluta. Nada de pensamientos retorcidos y de darles muchas vueltas a las ideas. Aquí en Kajada, sobre todo en Karibe, todo es fácil, ligero, risible, amable, republicano, llano. Aquí nadie se complica la vida. No hay que darle vueltas a nada.

Han encontrado en la vida la simplicidad que sólo existe cuando contamos una historia, cuando en definitiva narramos algo. Es ese orden tan simple que consiste en decir, por ejemplo: «Pasó esto, y luego pasó aquello. Cuando hubo pasado aquello, vino lo otro...». Les tranquiliza la sucesión de hechos y les agradan las ilusiones derivadas de esa sucesión tan ordenada, su aceptable apariencia de causalidad. A mí me alivia que sea así porque en Marte&Xiacow, el lugar del que partí hacia la achinada Nueva York hace más de cincuenta años, todo se había vuelto no narrativo.

Se está bien aquí, donde todo es tan simple, ordenado, ilusorio. No cambio por nada (ni puedo) esta fantástica oportunidad de vivir en la república nevada de Kajada, centro exacto del humor del universo. ¡Ah, el humor, lo único que en el firmamento realmente existe! A veces pienso que creer en esto demuestra que en algo creo y pone en evidencia a quienes me ven sólo como nihilista, «infalible» para ellos.

El otro día me sucedió algo bastante extraño. Oí casualmente un programa de una radio de aquí de Karibe, un programa en el que contaban una terrorífica historia de ciencia ficción con sonidos metálicos raros y voces de extrakajadianos que se suponía que estaban invadiendo Kajada, y cosas por el estilo. Con un lenguaje un tanto críptico y misterioso, se decía de los extrakajadianos que eran tan pequeños que dormían en sus orejas. Y que por las mañanas, al despertar, mataban a nuestros pájaros. (Los pájaros, aquí en Kajada, son bastante feos y son todos mecánicos, disponen de unas wekpilas eléctricas que pueden durar más de tres años, casi una eternidad.)

Fue extraño porque sentí la misma atracción y curiosidad que, de joven, tenía por las historias de invasiones de nuestro planeta y otros cuentos futuristas, también conocidos como historias de ciencia ficción. Yo había sido un buen consumidor de historias de ese género y vi que el tiempo no había modificado demasiado mis gustos. No había perdido para nada la curiosidad por las historias de invasores extraplanetarios desconocidos y otras cosas así. Pero lo más curioso y extraño de todo fue ese súbito gran interés que de golpe habían despertado en mí las historias de extraterrestres cuando en realidad yo me encontraba ya en pleno centro de lo desconocido, es decir, en el centro mismo de una historia de ciencia ficción, que de hecho yo mismo protagonizaba. ¿Acaso no tenía suficiente con la mía?

—¿Y cómo era Bo? —me pregunta ahora Diaghilev, que lleva guantes blancos para que recuerde que ella es una enamorada mía.

Por lo que sé, sólo los enamorados llevan aquí guantes blancos, guantes que en su albor rivalizan con la nieve siempre eterna. Lo que ya no sé si es cierto —yo no los he visto— es que hay algunos díscolos que se niegan a caer en las pasiones amorosas y son enterrados con guantes negros.

—Era Bo, y punto —le digo.

Cuanto más sencillas las respuestas, menos problemas.

Entre Diaghilev y yo hay una de esas adoraciones tiernas, llenas de silencios y timideces, en la que ella encuentra placer, y donde yo hallo el único remedio para mi aburrimiento. Nos casaremos pronto. Oficiarán la boda jóvenes con sotanas amoldadas para parecer mantos de vampiros. Ella tiene su ajuar enterrado en la nieve. Y, para la ceremonia, a mí me obligan a cruzar, con una imitación minúscula de mi viejo cohete, una habitación blanca de brillo espectral a la luz del sol de la mañana eterna. Es decir, me obligan a representar mi propio papel, a ser un viajero sideral que llega en un extraño artefacto a un planeta de nieve perpetua y cielo deslumbrantemente vacío.

Entre ella y yo la diferencia de edad es incalculable. Yo sé que mi final está próximo, pero voy igualmente a casarme. Soy muy viejo y tengo acumulado el cansancio de muchos años de cohete. A veces se me nota que soy un anciano porque siento nostalgia de la oblicua lluvia de la mañana allá en mi infancia. Siempre sueño que el tiempo se detiene en el crepúsculo, lo cual es imposible que pueda ocurrir. Luego, ya despierto, pienso. Y pensando ahondo el silencio.

—Para desenterrar el ajuar habrá que llamar a la costurera antártica —me dice ahora Diaghilev.

No sé de qué costurera antártica me habla, parece que son nuevas condiciones para la boda.

—¿Y algo más? —le digo por preguntar algo.

—Me dijiste un día que, hace muchos años, saliste de tu casa para ir a una ciudad llamada Nueva York. ¿No es cierto?

—Lo es —respondo algo extrañado porque ahora no sé por dónde va.

—Y una vez te oí decir que aspirabas a ver la destrucción total del mundo. ¿Es así?

—Bueno, lo dije, es verdad. Quise expresar mis deseos de ver un fin muy espectacular del mundo antes de morir. Ya que se acabará igualmente para mí, me gustaría que lo hiciera conmigo y poder ver el espectáculo de su destrucción, una destrucción que imagino de hielo y fuego, bellísima, grandiosa. ¡El fin del mundo! Me resisto a simplemente morirme y que todo siga igual, como si nada. Me resisto a morirme y que sigan los pájaros mecánicos cantando y que a esos animalillos nada les importe que yo me haya ido. En fin, ya que van a desterrarme de la fiesta de la vida, no puedo por menos que desear el fin completo del mundo.

Diaghilev (la llamo así por sus inconfundibles pasos alegres y danzarines) se ha quedado con la boca abierta. No sé si me ha entendido. Pronto veo que sí.

—Tengo que decirte que las últimas noticias de hoy dicen que han sido destruidas al unísono las ciudades de Nueva York y de Shanghái y seguirán otras. La totalidad de Marte&Xiacow quedó borrada hace ya dos meses, aunque no habíamos querido decírtelo para no angustiarte. Es el comienzo de la destrucción total de todo.

Ahora quien se ha quedado con la boca abierta soy yo. Como ya no existe mi casa, ni Nueva York ni Shanghái, y pronto caerán el planeta Júpiter y la ciudad de Londres, cada vez me faltan más puntos de referencia para sentirme perteneciente al universo.

—Se veía venir —le digo—. Nuestra cultura era penosa, no tenía ligazón alguna con la trascendencia, ni siquiera con los dioses que decía adorar. Nuestra cultura se basaba en conquistarlo todo, hasta el universo. Pura actividad sin fin. Una carrera enloquecida hacia la nada.

Miro a Diaghilev, como si fuera mi última ligazón con el mundo y la comprensión del mismo. Es cándida y encantadora, y sé que sabe mucho de finales felices. Por lo visto, se doctoró en esa asignatura.

—Olvídate —me dice— de ver el fin bellísimamente espectacular del mundo, no vas a poder presenciarlo, porque la gran destrucción no ha hecho más que empezar y por ahora sólo han desaparecido Marte&Xiacow, Nueva York, Shanghái y otras minucias. Aún falta lo más grande. Y eso tardará aproximadamente como dos vidas más tuyas. Va para largo. ¿Quieres un final feliz? Sólo lo tendrás si detienes tu historia antes de que ésta se acabe. Recuerda que en la vida todos los momentos pueden ser felices, pero el final es siempre el que ya sabes. No me hagas decirte cuál.

No creo que ande equivocada. Tiene toda la razón y no puede ser más lúcida. Sólo acabará todo bien si detengo la historia antes y digo havana a todo. Me entra un ataque de llanto. Me pongo unos guantes blancos. Havana, havana. Un río de lágrimas inunda el perpetuo flujo, el eterno buen humor del universo.

—Amé a Bo —dice Diaghilev, secándome las lágrimas.

VIDA DE POETA

No olvidaré nunca aquella visita a Ronda. Fui, de adolescente, con mis padres y hermanos, en uno de esos viajes familiares, tan habituales de la década de los sesenta. Eran años en los que el país empezaba a prosperar económicamente y las familias de clase media, como la mía, se compraban modestos automóviles y se lanzaban a un tímido turismo por tierras de Portugal y España. No olvidaré la visita a Ronda, donde vivía un tío lejano que era familia de mi madre. Se trataba de un hombre enjuto y reflexivo, viejo republicano, profesor en un instituto de la ciudad, un hombre con un discurso pavorosamente anticuado, muy acartonado. La familia decía que llevaba vida de poeta. Parecía obsesionado por la poesía de Rilke, y mis padres y hermanos le escuchaban con extrañeza. A nosotros no nos interesaba la poesía, salíamos de una difícil lucha por la supervivencia pura y dura y no estábamos para florituras ni locuras. El poeta, con su aire añejo y su discurso arcaico, no parecía darse cuenta de todo esto y nos hablaba y hablaba de Rilke, que había pasado en Ronda una larga temporada inspirándose todas las tardes en el Puente Nuevo, mirando siempre desde allí al impresionante precipicio que los rondeños llaman el tajo.

Al atardecer me separé levemente del grupo familiar y me quedé un rato asomado al asombroso promontorio que da sobre el vacío en el centro de Ronda y a cuyos pies se extiende el valle cerrado por la serranía. El poeta no tardó en acercarse y me preguntó si me gustaba aquella vista tan imponente. Le dije, con mis palabras de adolescente, que mi mirada se sentía exclusivamente atraída hacia aquella pavorosa caída de cien metros, hacia el soberbio precipicio. Entonces el hombre, imprimiéndole a su voz una súbita grandeza, me susurró estas palabras al oído, como quien transmite un secreto heredado de generación en generación y afortunadamente preservado:

—Las obras de arte, escasas, dan contenido intelectual al vacío.

Su frase no la he olvidado. Sonó como una prolongación de su discurso vagamente trasnochado, pero me abrió los ojos y siempre he pensado que me salvó la vida.

VACÍO DE PODER

Y viene hoy perfectamente al caso aquel viaje fascinante que emprende el personaje central de «El hechizado», el relato de Francisco Ayala que Borges consideraba uno de los cuentos más memorables de la literatura hispánica. La estructura de la narración de Ayala está pensada para conducirnos por un intrincado laberinto burocrático y corrupto hasta el mismísimo vacío de poder de la época. La historia, situada en tiempos de Carlos II el Hechizado, narra cómo un modesto súbdito inicia desde la periferia andina un viaje con la ilusión íntima y última de acercarse a la capital del imperio y al centro mismo del poder y, a ser posible, ver al rey de España. Pasa por cien circunstancias y atraviesa el más embrollado y burocrático laberinto hasta llegar a Madrid, donde en el Palacio Real soborna a una enana y logra que le abran la puerta de la cámara del monarca y allí ve, sentado en su trono, a un triste hechizado imbécil, un tiparraco con un encaje de Malinas humedecido por las babas infatigables que fluyen de sus labios y con unos ropajes que, debido a la incontinencia que le aqueja, despiden un fuerte, insoportable hedor a orines. Allí, en el núcleo puro y duro del hueco imperio, termina el sueño y viaje del súbdito andino, sin duda con la imborrable revelación de que todo Estado es una pura apariencia y ficción que responde a una estructura falsa, armada en torno a un centro abismalmente ausente.

EXTERIOR DE LUZ

Un amigo dice que leo a los demás hasta volverlos otros. Aunque yo era consciente de eso, nunca me había detenido a pensarlo. Esta mañana, mientras leía *Prosas apátridas* de Julio Ramón Ribeyro, me he acordado de la frase de mi amigo y he pasado a observarme a mí mismo en la operación de leer a Ribeyro con ad miración y pasión, pero también con un ánimo muy activo de lector.

Se trata de leer de una forma creativa. Me gustan tanto esas *Prosas apátridas* que las leo arriba y abajo, de mil maneras distintas, y les doy orientaciones y lecturas de todo tipo, las hago mías sabiendo que son de todos. Esta mañana, me he sentado en el butacón de casa frente al sol frío de este invierno y he entrado al azar en estas admirables *Prosas* que Ribeyro calificó de «apátridas» porque, al no encontrar sitio en sus libros ya publicados ni ajustarse cabalmente a ningún género, carecían de un territorio literario propio.

Esas *Prosas* me las sabría ya de memoria si no fuera

porque vuelo mentalmente mientras las leo. Las invento, las transformo y oriento en múltiples direcciones. Con la imaginación las reescribo, y luego vuelvo a ellas para ver si averiguo qué dicen realmente esas prosas apátridas tan rápidas, tan adheridas al vuelo.

En la rue Gay-Lussac, se cruza Ribeyro con el colombiano que viajó en su camarote cuando regresó al Perú en 1958 a bordo del Marco Polo. Entonces fueron muy amigos, vivían encerrados en un pequeño espacio, leían, fumaban y bebían juntos. Ahora, seis años más tarde, se cruzan como dos desconocidos, «sin ánimo de sobrepasarnos para estrecharnos la mano».

No es solamente la fragilidad de la amistad lo que sorprende a Ribeyro, sino la coincidencia de haberse cruzado en París, de haber estado otra vez los dos, aunque sea por unos segundos, ocupando un espacio reducido. Lo que sorprende a Ribeyro es el infinito encadenamiento de circunstancias favorables para que ese encuentro se produzca.

«Desde que nos despedimos en Cartagena de Indias en 1958 hasta hace un momento en la rue Gay-Lussac, todos los actos de su vida y los míos han tenido que estar dirigidos, regulados con una precisión inhumana para coincidir, él y yo, en la misma acera.»

En medio de las reflexiones de Ribeyro («En la vida, en realidad, no hacemos más que cruzarnos con las personas. Cruzarnos y siempre por azar. Y separarnos siempre»), mi mirada reposa en el simulacro de escarabajo que compré en París hace hoy exactamente treinta años y que, desde el primer momento, encontró en la superficie del mueble rojo su lugar idóneo en esta casa, pues jamás se ha movido de ahí. Su gran colorido me produce alegría de vivir y una constante idea de estar renaciendo. Es todo lo que puedo decir de él para explicar que haya sobrevivido a los numerosísimos cambios a los que en treinta años han estado sometidos todos los objetos de esta casa.

Pensando en casualidades, recuerdo ahora la que cuenta Jung acerca de una paciente que soñaba obsesivamente con escarabajos. Jung se encontraba en su despacho en plena terapia con la enferma cuando escuchó un golpeteo en la ventana. La señora interrumpió la narración de su más reciente pesadilla con los coleópteros. Jung fue a la ventana y, al abrir, entró volando un escarabajo de una especie muy rara en Suiza, que era el lugar donde se encontraban.

La *sincronicidad* fue el término que acuñó el propio Jung tras la visita de aquel escarabajo que sorprendió a los dos, a médico y paciente, y que produjo en la mujer un *shock* tan grande que la ayudó a superar la situación que inconscientemente se negaba a enfrentar. Por si fuera poco, Jung encontró en los antiguos egipcios el simbolismo del Renacimiento en aquella sincronía de escarabajo y consulta médica. El doctor y la paciente salieron renacidos y reforzados de la extraña experiencia.

Al tiempo que me digo que la historia de los grandes descubrimientos está tejida de casualidades, me quedo asombrado al observar que todos los actos de la vida del escarabajo y de la señora tuvieron que estar dirigidos, regulados con una precisión inhumana para coincidir, ella y el coleóptero, en el mismo despacho ilustre.

Por la noche, mientras leo un fragmento en el que Ribeyro dice que casi nunca nos parecemos a nosotros mismos, poco a poco voy acostumbrándome a la oscuridad de las tinieblas, y comienzo a ver formas. Todas son parecidas a relámpagos y van acompañadas de un silbido que me revela una nueva dimensión, desconocida, de los rayos. Descubro, con asombro, que ya no tengo recuerdos de infancia. Salgo a un exterior de luz y hay velas muy blancas de barcos restallando y dando azotes al viento. Arriba, unas estrellas impasibles. Le pido a la persona con la que me acabo de cruzar y que no veía desde hacía treinta años que me diga que esta vida no es más que un prólogo confuso y que el texto propiamente dicho no ha empezado todavía...

«Hace ya rato que te saltaste el prólogo. ¿O acaso aún no lo has percibido?», me contesta con una voz suave templando así el efecto que puedan producirme sus palabras, pues me está diciendo que estoy en el otro mundo. He ido más allá de todos los abismos. Silencio y luminosidad. Y un viejo conocido, el estúpido de siempre, con una gabardina eléctrica, al final de un muelle bajo la lluvia. La eternidad, que conspira para romper la línea del horizonte, de pronto me muestra —falsa, cruel y bella, repitiéndose obsesivamente como un fotograma encallado en una vieja película— la única certeza de la que ahora dispongo: la imagen de las huellas nocturnas que un escarabajo va dejando en este exterior de luz, en el hilo plateado de la lejanía.

UN TEDIO MAGNÍFICO

Eran los primeros minutos del amanecer. Simone pensó que si en las alturas no había nadie interesante, tendría que buscarlo en la tierra firme. ¿O ya no tenía que buscar nada? Se quedó en la cama desperezándose lentamente, con una pereza infinita, observando las partículas de polvo que se arremolinaban en un rayo de sol dentro de su cuarto a oscuras. Y fue entonces cuando oyó el grito. Alguien había gritado en el amanecer, en una casa cercana, tal vez en su propio inmueble, tal vez en su propio cuarto. Fue lo más parecido a una catarsis para Simone, porque le llegó la sensación de que en su despertar iba a existir un antes y un después de aquel grito. Pronto vio que no sería así. El grito había pasado y todo seguía igual de gris y de monótono que antes. Regresó a su tedio y llegó a una firme conclusión sin que previamente se hubiera dedicado a buscarla. A partir de aquel momento, se enfrentaría directamente a la verdad y soportaría el vacío y, por consiguiente, aceptaría la muerte. Después de todo, pensó, la verdad se halla del lado de la muerte, siempre lo he dicho. Volvió luego a las partículas de polvo, aquella especie de poesía de lo invisible. Iré más allá de la pereza del infinito, se dijo. Tal era su meta en la plenitud de su magnífico despertar de muerta. Porque había despertado muerta, desperezándose suavemente ociosa, esplendorosa.

PORQUE ELLA NO LO PIDIÓ

I. El viaje de Rita Malú

1

No hubo nunca mejor imitadora de Sophie Calle que Rita Malú. A Rita le gustaba que la consideraran una artista, aunque no estaba nada segura de serlo. Había hecho variados experimentos con la verdad, lo que alguien había bautizado como «novelas de pared» y que no eran más que modestos homenajes a su admirada Sophie Calle, la «artista narrativa» por excelencia, la artista con la que se llevaba tan sólo una diferencia de un año. Había entre las dos mujeres un notable parecido físico. Sus rostros, por ejemplo, si Rita sabía maquillarse bien, podrían llegar a parecer casi idénticos. En lo que menos se parecían las dos era en la estatura, pues Rita Malú medía unos centímetros más. A ella le divertía decir que era «alta y mundial», le divertía decir eso a sus amigos, pero sólo era alta y nada mundial. De haber sido más baja, hasta habría guardado un parecido rotundo con Sophie Calle, que sí era, por cierto, una figura mundial. Pero la estatura de Malú era un obstáculo para que se produjera un parecido físico rotundo, casi absoluto. Aun así, no puede decirse que Rita Malú no intentara imitar en todo a su admirada Sophie Calle. Entre otras cosas, se peinaba y vestía como ella. Y, por otra parte, la espiaba muy a menudo. La espiaba por el barrio, pues había ido a vivir a Malakoff, barrio de París, para estar más cerca de aquella mujer a la que secretamente imitaba.

Cuando podía, Rita Malú tomaba nota hasta de los más mínimos cambios físicos que se producían en Sophie Calle. Sabía dónde ésta se compraba la ropa y la comida y en ocasiones la seguía en el metro o en un taxi para averiguar con quién, lejos de Malakoff, se veía y qué amantes, novios, amigas, maridos o parientes tenía. Soñaba con un día en el que Sophie Calle se enteraría de su existencia y le haría el favor de acudir a alguna de esas exposiciones que de vez en cuando ella montaba en una galería de arte de la rue de Marseille, una galería justo debajo del entresuelo en el que Rita había nacido.

A pesar de que se había ido a vivir a Malakoff y de que su carácter era más bien hermético (o quizás simplemente melancólico), seguía Rita Malú siendo muy amada en la rue de Marseille y en la galería le permitían de vez en cuando exponer sus «novelas de pared», un peculiar género artístico copiado de Sophie Calle: narraciones reales pero de corte novelesco, contadas a través de fotografías colgadas de las paredes de las salas de arte y con la fotógrafa misma como centro de esas historias.

Sus relaciones con los hombres habían sido siempre raras, desconcertantes. Cuando tenía veinte años, su padre —de origen mexicano y millonario secreto— había muerto dejándole una pequeña fortuna que ni ella ni nadie sabía que había ido atesorando únicamente para su hija. Y todo el mundo, en la rue de Marseille, pensó que no tardaría en encontrar novio. Después de todo, era guapa. Aunque desgarbada. Se la veía incómoda con su cuerpo, que ella juzgaba de excesiva estatura comparado con el de Sophie Calle. Eso la hacía ir muchas veces encorvada para ajustarse a la estatura de su admirada artista. En realidad se equivocaba al encorvarse y el hecho es que eso la fue perjudicando, sin duda absurdamente, pues no había por qué hacer un problema de la cuestión de la estatura.

Hubo días en los que se la vio hablar demasiado encorvada con los jóvenes del barrio. Comenzó a encerrarse en sí misma y en su secreta al principio (y luego más evidente) adoración por Sophie Calle. Todo el barrio amaba a Rita, y ella amaba al barrio y a nadie en particular. Y con el tiempo fue haciéndose cada vez más esquiva y, sobre todo, más silenciosa. Tan sólo de vez en cuando, a solas en su casa o en una reunión o junto a algún pretendiente, rompía su hermetismo para decir en voz baja y de forma ligeramente educada y exquisita: «Qué aburrimiento». Y poco después volvía a su melancolía.

Y así, casi sin darse cuenta, llegó el día en que cumplió treinta años, una edad que alcanzó convertida en la mejor imitadora que Sophie Calle tenía en este mundo. La había admirado de una forma muy temprana, pues casualmente había leído (con una atención desorbitada que seguramente no puso nadie más en el mundo) el primer recorte de prensa que habló de Sophie Calle y se fijó en el parecido físico que había entre las dos y le fascinó tener noticias de la extraña obra de esa artista que había nacido en París también como ella, y ya desde ese primer momento se propuso imitarla y llenar así, modestamente, el vacío de su vida.

Y luego cumplió treinta y cinco y lo hizo convertida ya en el vivo y secreto retrato de Sophie Calle. Y seguía sin novios, pues los rechazaba todos. El día en que cumplió cuarenta, se la vio en el salón de su casa junto a un ramo de flores muy grande. «Ya ven. Aún me quedan enamorados», dijo con una expresión de absoluto fastidio. Y unos meses después dejó de vivir en la rue de Marseille, adonde ya sólo volvería para exponer sus «novelas de pared». Tres veces expuso allí, y en la última sólo había fotografías en las que se contaba la historia de una mujer que perseguía, con cámaras fotográficas y sin ser percibida, a diversos desconocidos.

«Qué aburrimiento», se la oía decir de vez en cuando. Y siempre rechazando pretendientes.

2

Un día, Rita Malú decidió comenzar el año de 2006 haciendo unos ligeros retoques en su vida. Y no porque fuera primero de año —época generalmente en la que las personas se hacen grandes propósitos y tratan de cambiar sus vidas—, sino porque ya no podía más, sencillamente ya no podía aguantar más; llevaba unos meses en los que su casa del barrio de Malakoff la tenía aburrida hasta el punto de que había empezado a detestarla.

«Odio al domicilio», escribió esa mañana en letras rojas en una libreta en la que solía apuntar algunas impresiones acerca de sus estados de ánimo. Hasta la palabra *domicilio* le parecía horrible. Lo primero que hizo para cambiar ligeramente su vida fue nombrarse detective privado y decorar parte de su casa como si fuera el despacho de Sam Spade en la película *El halcón maltés*. Basándose en fotografías del film, unos hombres le colocaron en pocos días la misma puerta de cristal que puede verse en la película de Huston, la misma puerta con el nombre de Sam Spade grabado en ella o, mejor dicho, con el nombre de Rita en el lugar de Sam. Después, montó por su cuenta un despacho con muchos papeles revueltos y archivos y hasta compró un ventilador totalmente innecesario para aquella época del año. Y se anunció en varios periódicos de la ciudad: «Podemos encontrar a la persona más escondida de la tierra. Rita Spade. Investigadores privados».

A lo largo de dos semanas salió cada día el anuncio en diversos periódicos, pero nadie llamó al teléfono que aparecía en el pequeño reclamo. Nadie solicitó sus servicios. Y un día, cansada de esperar (y pensando que, a fin de cuentas, si todo aquello no le funcionaba siempre le podría servir para una nueva «novela de pared» en la rue de Marseille), pasó a la acción y, peinándose con brillantina, vistiéndose como un hombre de expresión vil, se hizo cuatro fotos de carnet de identidad y con ellas fue a varios bares y hoteles de Montparnasse a preguntar si le habían visto por allí, a preguntar en realidad por ella misma.

«¿Ha visto usted antes a este tipo?», inquiría.

Nadie sabía nada de aquel hombre. Algunas bromas. «Debe ser un gran cabrón», le dijeron en la barra del Select. Antes de irse de los bares que visitaba, dejaba una tarjeta con la dirección y el teléfono de su despacho y pedía que le avisaran por teléfono si veían por allí a aquel monstruo.

«¿Qué delito ha cometido?», le preguntó un camarero del Blue Bar. Rita se encogió de hombros y luego, encorvándose más que nunca, dijo: «No sé, sólo sé que me han encargado buscarle». «¿Y espera encontrarle?», dijo el camarero. Rita inventó sobre la marcha: «Creo que en realidad es fácil hallarlo. Basta con ir a buscarlo a su casa». Logrado el desconcierto del camarero, se marchó, volvió a su odiado domicilio. Aquel día había valido la pena aunque fuera sólo porque había visto la cara de estúpido de aquel hombre.

3

Un día, el día menos pensado, Rita Malú recibió la llamada de una mujer que le dijo que tenía que proponerle algo, pero que no podía hacerlo por teléfono. ¡Por fin un cliente! La vida le pareció que cobraba otro sentido aquel día. Quedaron para verse dos horas después en el despacho detectivesco. La mujer tenía una cara muy pálida y era muy delgada, tenía unos treinta años, vestía con sobriedad, parecía triste, se llamaba Dora. Le había llamado mucho la atención, dijo la mujer, que en el anuncio —«tan original», subrayó— aseguraran que podían encontrar a un hombre escondido. Eso encajaba, dijo, con el perfil de investigador que ella necesitaba. Quería que buscaran a su exmarido, un joven y famoso escritor que llevaba meses en paradero desconocido, sin pasarle la alta paga mensual a la que ella tenía derecho. El escritor había publicado no hacía mucho una novela, la quinta de su carrera literaria. En ella había escenificado su propia desaparición. O, dicho de otro modo, se había esfumado dentro del texto. No se le había vuelto a ver desde que había publicado aquel libro. Le habían llegado a ella rumores de que se había refugiado en la isla de Pico, en las Azores. Se trataba de una isla ocupada casi por entero por un gran volcán, un lugar perdido en medio del océano Atlántico. Una isla de la que su exmarido había hablado ya en otra de sus novelas y que él conocía bastante bien. Seguramente estaba escondido allí, pero el lugar quedaba lejos para ir a descubrirle. Confiaba en que en aquella agencia —ella pagaría espléndidamente bien— pudieran investigar y hallarle, fuera en Pico o en cualquier otro lugar, descubrirle e instigarle a que hiciera el puñetero favor de volver a pasarle la paga mensual.

Bastaron cinco minutos para que a Rita Malú no le quedaran dudas sobre lo que estaba pasando. Aquel escritor desaparecido existía, se llamaba Jean Turner, y alguna vez había oído hablar de él. Hasta ahí todo correcto, pero aquella mujer, aquella primera clienta, estaba loca. Se había enamorado de un libro de Turner que acababa de leer. Y había empezado a pensar, a querer creer que el personaje central de ese libro (el joven escritor) era su exmarido.

Tuvo Rita incluso algo de miedo al ver que estaba

ante una notable loca. Y cuando, tras grandes esfuerzos, logró desembarazarse de ella, se dijo que al día siguiente desmantelaría la oficina. El juego había terminado. Si continuaba por aquel camino, parecía destinada a tener sólo clientes desquiciados. Se acostó y soñó con una pequeña casa totalmente pintada de rojo en lo alto de un pequeño promontorio, una casa que le gustó muchísimo. Incapaz de ocultar su encantamiento, llamaba a la puerta de la pequeña casa roja, que finalmente era abierta por un anciano. En el momento en que ella empezaba a hablarle al viejo, despertó. Pero esa casa roja iba a quedarle en la memoria durante muchos días. La casa y el viejo. Pensó que hasta era posible que estuvieran ambos en un lugar real.

Por los motivos que fueran, la visita de la extraña clienta loca la había dejado algo tocada. Y al día siguiente fue a comprarse el libro de Jean Turner, el joven escritor al que la loca veía como su exmarido. La contraportada le confirmó que Turner narraba, efectivamente, en ese libro su desaparición, pero también comprobaría Rita, horas después, que en realidad el autor sólo desaparecía en el libro. En la vida real, simplemente se había retirado a la isla de Pico y no lo había ocultado a nadie.

¿Qué pensar de todo aquello? Rita se quedó mirando la foto de Turner en la contraportada: joven de treinta años muy alto, sumamente delgado, orejas de murciélago, la cara muy estrecha y una abundante barba castaña; abrigo apolillado, una gorra de béisbol y una bufanda azul marino. Un tipo bastante horrible. Pero compró ese libro y los cuatro anteriores del autor. Después de todo, el pobre Turner, sin saberlo, la había alejado un poco de su aburrimiento cotidiano. Y aquella misma tarde pudo ver que las Azores eran un motivo recurrente en su cuarto libro, donde hablaba mucho del Peter's Bar de la ciudad de Horta en la isla de Faial, isla que se encontraba frente a la de Pico.

Rita se reafirmó en su idea de cerrar su estéril oficina de detective y dejar su nada excitante recorrido por los bares de Montparnasse preguntando por ella misma. Y se le ocurrió viajar. ¿Por qué no escapar de la monotonía y viajar a las Azores buscando a un hombre, al propio Turner, por ejemplo? Nunca había ido detrás de un hombre. Una variante de no ir detrás de ningún hombre podía ser viajar a las Azores a encontrar a un tipo feo, vulgar, alguien que no le interesaba nada. Lo de menos era el hombre, el escritor de abundante barba castaña. ¿Por qué no, por un tiempo, comenzar una andadura al estilo de la Alicia de Lewis Carroll (ese libro que de adolescente tanto le había gustado) y viajar errante sin dominar bien las causas que la llevaban a ir de un lugar a otro?

4

Tres días después, Rita ya estaba en Lisboa, una parada obligada antes de dar el salto a las Azores. En su maletín (una especie de *boîte-en-valise* a lo Marcel Duchamp) llevaba resumida, miniaturizada, la obra de Sophie Calle, así como un libro de Simone Weil, una escritora que la turbaba desde que se había enterado de que despreciaba las artes de la imaginación, pues le parecían un truco para disimular el inmenso vacío de nuestra mortalidad.

Decidió conocer Lisboa y postergar para el día siguiente el enlace de avión a la isla de Faial, en las Azores. El día era frío, muy invernal. Y Rita, sin saber por qué, como si hubiera recibido una orden (como si alguien, tras ella, pensara que no iba a ningún sitio y le ordenara ir a uno), fue a ese lugar aterrador cerca de Lisboa, a tres kilómetros de Cascais, a ese lugar terrible en invierno que es Boca do Inferno. El mar allí sube y llena las ensenadas y grietas que hay en las rocas, haciendo que las aguas rujan con un ruido terrorífico y salpicando a gran altura en los días de tormenta.

Boca do Inferno es el lugar tradicional de los suicidas de Lisboa. Allí, en un gesto gratuito o como mínimo contrario a la idea bastante extendida de encomendarse a Dios en los viajes, Rita se puso bajo el amparo de la fantasmal figura del mago y satanista Aleister Crowley, ese hombre que en 1930 viajó a Lisboa para saludar a Fernando Pessoa y que simuló su desaparición en Boca do Inferno dejando abandonada allí su pitillera de oro con una nota en su interior (dio esa nota la vuelta al mundo, pues entonces aquel satanista era figura muy conocida y, además, un cómplice suyo se encargó de informar al *Diario de Noticias*, de Lisboa), en la que decía que se había suicidado.

Rita copió el gesto del diabólico Crowley y en una pitillera comprada en la rua dos Douradores dejó en Boca do Inferno un mensaje en el que comunicaba al mundo su suicidio al tiempo que con unas palabras de amor, escritas en portugués, se despedía de Sophie Calle.

A los pocos minutos, imprevistamente, sintió como si el propio gesto aquel tan gratuito de haber escrito un mensaje acabara de agradecerle su confianza en el juego, y se lo recompensara permitiéndole ir espiritualmente lejos, muy lejos de ella misma, y lo que aún le resultó más extraño: permitiéndole que, durante unos segundos que le resultaron eternos, ella sintiera que se había convertido en Sophie Calle.

Hasta le pareció que perdía centímetros de estatura.

Entonces escribió otro mensaje y lo sustituyó por el que había depositado antes en la pitillera. El mensaje decía exactamente lo mismo, sólo que en esta ocasión iba firmado por Sophie Calle: «*Não posso viver sem ti. A outra Boca do Inferno apañar-me-á —não será tão quente como a tua*».

Después, recuperó su personalidad y se fue de Boca do Inferno andando visiblemente encorvada, como si el maletín le pesara mucho. Existe una meta, pero no un camino. Lo que llamamos «camino» son vacilaciones, pensó por pensar.

5

Cuando dos días después Rita Malú llegó a Faial, la isla que estaba frente a la de Pico, lo hizo reafirmándose en su impresión de que, aunque nunca había ido detrás de un hombre, una variante de no ir detrás de ninguno se encontraba en lo que estaba haciendo, es decir, en viajar a las Azores a encontrar a un tipo feo, vulgar, alguien que no le interesaba nada.

Las islas le parecieron, desde el primer momento, la lejanía misma. Islas en medio del océano Atlántico, lejos de todo. De Europa y de América. Tal vez esa lejanía fuera el embrujo de las Azores. En cualquier caso, el lugar era ideal para dejar atrás el mundanal ruido. El primer atardecer que vio era moroso, muy lento. Bello crepúsculo ensangrentado. Lo vio desde la terraza de su cuarto del hostal de Santa Cruz en la isla de Faial, con la misteriosa Pico enfrente.

La isla de Pico era un cono volcánico que sobresalía de repente del océano, no era más que una elevada y abrupta montaña posada sobre el mar. Tenía tan sólo tres pequeñas poblaciones costeras al pie del volcán: Madalena, São Roque y Lajes, donde había un pequeño museo de ballenas. Era una isla muy rara, muy inquietante, bastaba con mirarla desde Faial para entenderlo, bastaba con contemplar furtivamente la silueta borrosa de su volcán. Pero aún resultaba mucho más rara si uno —como estaba haciendo ella— la visitaba en invierno, se acercaba a verla de cerca, pues todo aquello imponía respeto, era como tocar en el portón del tiempo perdido.

En la isla de Faial estaba el Café Sport, también conocido como Peter's Bar, un lugar extraordinario: algo intermedio entre una taberna y un lugar de encuentro, una agencia de información y una oficina postal; iban allí los antiguos balleneros, pero también la gente de los barcos que hacían la travesía atlántica u otros recorridos más largos; había un tablón de madera que recogía todo tipo de notas, telegramas, cartas, recuerdos inventados, dibujos de barcos con frases que muchas veces parecían escritas por náufragos de la vida.

Cuando Rita Malú llegó al Café Sport, hacía muy pocas semanas que había muerto José Azevedo, bautizado

Peter por los ingleses en la Segunda Guerra Mundial, el mítico Peter. Ahora era su hijo, José Henrique Azevedo, quien regentaba ese bar que en un primer momento, hacía ya casi un siglo, había nacido para dar bebida a los extranjeros, a los navegantes solitarios del Atlántico y a los balleneros. El tiempo en el canal que unía Pico con Faial era pésimo, muy tormentoso, e impedía que salieran los ferris. Tampoco era que Rita tuviera prisa por ir a Pico en busca del escritor de la poblada barba castaña. ¿Qué podía decirle a ese hombre cuando lo encontrara? Probablemente no se atrevería a decirle nada.

A la espera de que amainara la tormenta, pasó dos intensos días conversando en el Café Sport con los antiguos balleneros, a los que fotografiaba mientras éstos le contaban las más apasionantes historias sobre los días en los que en las Azores estaba permitida la caza de cetáceos.

Herman Melville, en *Moby Dick*, decía que los balleneros más valerosos del mundo eran los de las Azores. Y Rita, que se había enterado de esto, se había ido sintiendo cada día más a gusto entre los herederos de aquellos titanes, gente que le contaba viejas historias de la mar que ella anotaba en sus cuadernos. Al registrar todos esos relatos sobre el mundo perdido de los antiguos balleneros le pareció estar viviendo momentos muy felices de su vida, tal vez porque nunca —ni en Boca do Inferno— se había sentido tan cerca de Sophie Calle, de la persona a la que siempre había modestamente imitado.

Por la noche, cuando pasaba a limpio algunos de los relatos marineros, pensaba en la exposición que, cuando volviera a París, haría en la rue de Marseille y a la que se atrevería a invitar a la propia Sophie Calle para que ésta pudiera ver cómo su mejor imitadora había empezado a saber imitarla de verdad. Con todos aquellos antiguos balleneros de Faial haría una sorprendente «novela de pared». Todo el barrio vería lo que ella había sido capaz de lograr.

Se sentía casi perfecta. Porque, además, no sólo eran historias de cazas de ballenas las que ellos le contaban, también les escuchaba contar historias de espionaje de la Segunda Guerra Mundial, de cuando Faial era un lugar estratégico y punto de abastecimiento de los barcos aliados y de los hidroaviones americanos —los célebres *clippers*— que fondeaban en la bahía de Horta frente al Café Sport.

A los dos días de su llegada, habiéndose cerciorado de que en aquel momento nadie la veía, Rita Malú, a modo de un nuevo juego privado, colgó en el tablón de madera del Café Sport un mensaje anónimo: «Soy una náufraga de la vida que está aquí para rechazar al que considera ya su último pretendiente». Rita siempre estuvo segura de que nadie iba a pensar que ese mensaje había sido escrito por la prosaica periodista que se movía entre ellos con el temor —eso no lo sabían los otros— de que cesara el mal tiempo en el canal y se sintiera obligada a tomar el ferri hasta Pico en busca del pretendiente al que sentía que —aunque nadie se lo pedía, nadie en realidad le pedía nada— tenía que rechazar para así, de algún modo, despedirse de una vez por todas del fantasma del amor.

«¿El amor? Creo en él, pero no es para mí, que no estuve ni estaré nunca enamorada», escribió Rita en un pequeño papel que colgó unas horas después —también cuando nadie la veía— en la zona más poblada de misivas de amor del entrañable tablón de madera del Café Sport.

Al día siguiente, el buen tiempo permitía por fin la navegación del ferri que iba a Pico. Algunos viejos balleneros —convertidos en fastidiosos pretendientes suyos— se habían ofrecido a acompañarla, pero Rita se las arregló para evitar la compañía de tanto hombre impertinente. Para que la dejaran en paz, hasta sacó de su maletín una foto de boda, una foto que llevaba siempre con ella para protegerse de posibles moscones. Aunque no lo parecía, era en realidad la foto de otra, la que se había hecho Sophie Calle en su falsa boda. Como se parecía físicamente tanto a la artista que imitaba, todos creyeron que era ella en el día de sus nupcias.

«Qué aburrimiento», les dijo luego a modo de despedida, y se embarcó hacia la isla de Pico y su espectacular volcán, la montaña más alta de Portugal. Iba muy poca gente en el barco, ella contó ocho personas, casi todas llevaban cestas o capazos, ninguna era turista. Cierta sensación de extrañeza fue apoderándose de Rita a medida que se aproximaba a la isla. Sabía, al menos, lo que tenía que hacer al llegar a Pico. En un episodio de la penúltima novela de Jean Turner había leído que allí en esa isla sólo había dos taxistas: uno viejo y otro joven. Debía no dudar ni un instante y entrar en el taxi del viejo, pues el joven —según Turner— era un desaprensivo. Y así lo hizo al llegar a Pico. No había querido averiguar en Faial la dirección del escritor —de hecho, no había citado su nombre en ningún momento—, pero sí había previsto decirle al taxista viejo que la condujera a la población de Lajes, tal como hacía un personaje de la novela de Turner. Al igual que éste, ella quería visitar el Museo de las Ballenas. En todo caso, decidió que sería ya en el taxi cuando trataría de averiguar dónde vivía el joven alto y delgado de poblada barba castaña por cuyo mundo de ficción realidad andaba ella circulando desde hacía ya días.

El puerto y pueblo de Madalena resultaron ser fantasmales. Las ocho personas que iban en el ferri desaparecieron a los pocos segundos de tocar tierra, como si se hubieran desvanecido en el pequeño laberinto de calles de ese pueblo deshabitado en aquella época del año, un pueblo desierto al menos a aquellas horas.

Había, en efecto, dos taxistas esperando la llegada del ferri y daba la impresión de que hubieran sido avisados desde el embarcadero de Faial de la presencia de Rita en el ferri. Ella se dirigió directamente al taxista viejo y entró en su coche y pidió ser llevada al Museo de las Ballenas de la población de Lajes. El taxista joven soltó varias blasfemias y actuó como si ya esperara que fuera a pasarle aquello; posiblemente las blasfemias eran también insultos a Turner.

La carretera que, al pie del volcán, enlazaba Madalena con Lajes resultó ser una angosta ruta que corría a lo largo de una escollera o rompeolas, con muchas curvas y pronunciados baches, sobre un océano Atlántico azulísimo y rebelde. La carretera, que antaño había estado repleta de viñedos y de las suntuosas casas de los patronos (todas ahora en ruinas), atravesaba un paisaje pedregoso y melancólico con raras casas, mínimas y solitarias, en pequeñas colinas barridas por el viento.

Rita decidió que había llegado la hora de preguntar por Turner y le dijo al taxista si podía llevarla a la casa del escritor de la isla. El hombre no debió de entender bien el portugués de Rita y creyó que le preguntaban por un escritorio. No había tiendas que vendieran eso en Pico, dijo el taxista. También esa situación aparecía en la novela del escritor buscado, y eso a Rita le hizo pensar en la gracia, sublime a veces, de sentir nítidamente que de alguna forma estaba como viviendo en las páginas de un libro ya escrito.

Como era de esperar —ya se lo habían advertido en Faial—, el Museo de las Ballenas de Lajes estaba cerrado. Y entonces para ella, súbitamente, quedó también cerrada la búsqueda del escritor oculto. «Qué aburrimiento», musitó, diciéndose para sí misma que el propio Turner seguramente era también un museo clausurado. Náufraga de su vida, Rita Malú quería regresar al Peter's Bar, donde lo pasaba bien imitando —sin que allí nadie se diera cuenta— a Sophie Calle.

En cuanto a Turner, prefería ni verlo. ¿Para qué?

Antes de emprender el regreso al embarcadero de Madalena, Rita decidió visitar la iglesia de Lajes y por ella deambuló durante un largo rato. Luego, en el pub de la plaza principal, invitó a un café al taxista, que le habló, con melancolía, de los tiempos de esplendor de su juventud y de Pico. «Qué aburridos son los hombres», musitó. Y poco después emprendían el camino de retorno hacia Madalena y el embarcadero.

En un recodo de la carretera, cerca ya de Madalena, vio el breve sendero que conducía a una pequeña casa roja que era idéntica a la de su sueño de hacía unos días. Le pidió al taxista que se detuviera, y no le extrañó demasiado ver que, al igual que en el sueño, el camino subía enroscándose brevemente hacia la pequeña cima de la frondosa colina y le dejaba ante la casa roja, cuyos menores detalles comenzó a recordar ella en ese momento con la máxima precisión.

Era como si hubiera estado siempre allí desde que había soñado con esa casa, cuya puerta le había abierto en el sueño un anciano. A medida que se acercaba a la casa, le entraban más ganas de llamar al portón de esa mínima mansión roja que notaba que le atraía extrañamente. Y lo hizo, llamó. Y volvió a abrirle la puerta el viejo que había visto en el sueño, sólo que ahora el anciano era muy alto, sumamente delgado, orejas de murciélago, la cara muy estrecha y una abundante barba blanca. Llevaba un abrigo apolillado. Era Turner con cincuenta años más. A diferencia del sueño, en esta ocasión Rita pudo hablar con el viejo, al que se le ocurrió preguntarle si estaba en venta la casa. Lo estaba, pero el viejo le aconsejó que no la comprara.

—Esta casa está frecuentada por un fantasma —le explicó el anciano.

Se produjo un breve silencio.

—¿Y quién es ese fantasma? —preguntó ella.

—Usted —dijo el anciano, y cerró suavemente la puerta.

II. No juegues conmigo

1

Escribí la historia de «El viaje de Rita Malú» para Sophie Calle. Podría decirse que porque ella me lo pidió.

Todo comenzó, una tarde en Barcelona, cuando ella me llamó a casa. Me quedé de piedra. La admiraba, la consideraba inaccesible. No la conocía personalmente, ni pensaba que fuera a conocerla nunca. Me llamó y me dijo que una amiga común (Isabel Coixet) le había dado mi número y que deseaba proponerme algo, pero que no podía hacerlo por teléfono.

Había en sus palabras una extraña, por muy involuntaria que fuera, carga de misterio. Sugerí un encuentro en París a finales de aquel mes, pues pensaba pasar el fin de año en esa ciudad. Estábamos en las postrimerías de 2005. Quedamos en el Café de Flore de París el 27 de diciembre, al mediodía.

El día señalado, llegué al barrio una media hora antes, algo inquieto ante el encuentro. Sophie Calle ha tenido siempre cierta fama de ser capaz de todo y yo sabía de sus rarezas y de su coraje, en parte por lo que había contado Paul Auster en su novela *Leviatán*, donde Sophie era un personaje del libro y se llamaba Maria Turner. Escribía allí Auster al comienzo del libro, a modo de dedicatoria: «El autor agradece efusivamente a Sophie Calle que le permitiera mezclar la realidad con la ficción».

Yo sabía esto, pero también muchas cosas más. Recordaba, por ejemplo, que había leído que durante un tiempo, siendo ella muy joven, a la vuelta de un largo viaje por el Líbano, se había sentido perdida en París, en su propia ciudad, pues ya no conocía a nadie, y eso la había llevado a seguir a personas que no conocía y que fueran ellas quienes decidieran adónde había de ir. Recordaba esto y también sus *acciones* más célebres: la invitación a dormir en su cama a desconocidos que aceptasen dejarse mirar y fotografiar y responder preguntas *(Las durmientes)*; la persecución a la que había sometido en Venecia a un hombre de quien por un azar supo que partía esa noche hacia allí *(Suite veneciana)*; la contratación, a través de su madre, de un detective para que le hiciera fotos y la siguiera, sabiéndose seguida, y al final la retratara en sus informes con la falsa verdad desnuda de un observador objetivo.

Camino de la cita en el Café de Flore, recordé también que Vicente Molina Foix había dicho que por los modelos que la inspiraban, por la forma en que las palabras estaban siempre en el origen de sus proyectos visuales, por su empeño memorialista y la buena prosa de sus relatos, por hacer de ella misma protagonista, víctima, argumento y sujeto de una narración omnisciente, Sophie Calle estaba en el reino de la imaginación verbal y era una de las mayores novelistas del momento.

Fui a la cita un tanto inquieto, preguntándome por dónde iba a salirme ella, si no sería extraño o peligroso lo que pensaba ofrecerme. Buscando llegar más seguro de mí mismo al encuentro del Flore, entré en un bar cercano, el Café Bonaparte, y allí de pie, en la barra, me tomé de golpe dos whiskies en menos de cinco minutos, al estilo *Far West*. Salí del Bonaparte andando despacio (aún faltaban diez minutos para las doce) y me detuve en el escaparate de la librería La Hune, a diez metros del Flore. Allí estaba expuesta la traducción al francés de una de mis novelas, pero ni la miré, pues andaba muy ocupado en preguntarme qué iba a decirme Sophie Calle.

De pronto, un hombre de baja estatura y de aspecto norteafricano me preguntó muy educadamente si podía hablar conmigo un momento. Pensé que quería pedirme dinero y me molestó que me hubiera hecho perder la concentración sobre Sophie Calle.

«Disculpe, pero le he estado observando y quisiera ofrecerle mi ayuda», dijo el hombre. Y me entregó, escrito a mano en la hoja arrancada de un pequeño bloc, una dirección de Alcohólicos Anónimos. Me había estado siguiendo desde el Bonaparte. Fui incapaz de contestarle algo. Pensé en decirle que yo no era ni alcohólico ni anónimo. Pensé en explicarle que no bebía tanto como podía parecer y también decirle que no era exactamente una persona anónima y señalarle el libro mío que estaba en el escaparate. Pero no dije nada. Me guardé en un bolsillo del pantalón la dirección para alcohólicos y procuré no entrar encorvado o acomplejado en el Flore.

Distinguí enseguida a Sophie Calle entre los clientes. Había llegado ella antes de la hora y se había hecho con una mesa bien situada. Respetuosamente, le pedí permiso para sentarme. Sonrió, me lo dio. Me anunció que hablaríamos en español, pues había vivido un año en México y conocía bien mi idioma. Me senté y frené mi timidez poniéndome a hablar de inmediato. Pasé a contarle la historia del espionaje y persecución a la que acababa de ser sometido por un alcohólico redimido que parecía salido —el hombre y la historia de la persecución— de alguna de las «novelas de pared» a las que tan adicta era ella. ¿No habría sido ella misma quien lo había contratado?

Sophie sonrió levemente y, casi sin más rodeos, me mostró un fragmento de mi libro más conocido. Mi fragmento, dijo, estaba directamente relacionado con lo que deseaba proponerme. Yo casi ni recordaba ese episodio de mi libro. Se hablaba en él de una historia que incluye Marcel Schwob en *Vidas imaginarias*: una historia acerca de la vida de Petronio, de quien se contaba que, cuando ya tenía treinta años, decidió escribir las historias que le habían sugerido sus incursiones en el mundo de los bajos fondos de su ciudad. Escribió dieciséis libros de su invención y, cuando los hubo terminado, se los leyó a su cómplice y esclavo Sirio, que se rio como un loco y no paraba de aplaudir. Entonces Sirio y Petronio concibieron el proyecto de llevar a cabo las aventuras compuestas por éste, trasladarlas de los pergaminos a la realidad. Petronio y Sirio se disfrazaron y huyeron de la ciudad, comenzaron a recorrer los caminos y a vivir las aventuras que había escrito Petronio, que renunció para siempre a la escritura desde el momento mismo en que comenzó a vivir la vida que había imaginado.

«Dicho de otra forma (acababa diciendo yo en ese fragmento), si el tema del *Quijote* es el del soñador que se atreve a convertirse en su sueño, la historia de Petronio es la del escritor que se atreve a vivir lo que ha escrito, y por eso deja de escribir.»

Lo que Sophie quería proponerme era que yo escribiera una historia, cualquier historia. Que creara un personaje que ella trasladaría a la realidad: un personaje que actuaría —a lo largo máximo de un año— al dictado de lo que yo escribiera. Quería cambiar de vida y estaba, además, cansada de decidir sus *acciones* y prefería que ahora alguien lo hiciera por ella, que alguien decidiera lo que tenía que vivir. Ella obedecería al *autor* en todo... Hubo un breve silencio. En todo, salvo si le ordenaba matar.

—En definitiva —dijo—, tú escribes una historia y yo la vivo.

2

Permanecimos unos largos segundos en silencio, hasta que ella recobró la voz y me contó que, años antes, ya le había hecho la misma propuesta a Paul Auster, pero éste había considerado excesiva su responsabilidad y había renunciado. También me dijo que más recientemente se lo había propuesto a Jean Echenoz, que había terminado por declinar también la invitación.

Me pareció que con aquella propuesta lo que Sophie buscaba era la desaparición del autor, precisamente lo que en mis últimos textos decía yo tanto desear y que no acababa de atreverme a llevar a cabo, limitándome tan sólo a difuminar mi identidad en mis escritos. Me dije que parecía que Sophie estuviera al corriente de mis inquietudes y por eso me había elegido a mí para que trasladara, de una vez ya por todas, mi literatura a la vida.

Comenzó a contarme que a su madre le quedaban sólo dos o tres meses de vida y que era importante que yo supiera eso, pues sólo esas circunstancias podían condicionar y detener provisionalmente en algún momento nuestro proyecto común, suponiendo que yo estuviera dispuesto a aceptar el proyecto, claro.

—Es que aún no lo he dicho, pero lo acepto encantado —dije.

Sophie sonrió —siempre he pensado que la sonrisa es la perfección de la risa—, y me pareció que le alegraba ver que apenas había yo dudado a la hora de aceptar. Pero no debía olvidarme de que todo dependía —volvió a decirme— de la salud de su madre.

3

Media hora después, volvía al Hôtel Le Littré, de la rue Littré, donde me esperaba mi mujer, a la que le conté algo excitado el encargo raro. Yo me sentía excitado pero al mismo tiempo satisfecho ante la perspectiva que se había abierto en mi vida, aunque mejor sería decir en mi obra, pues de la vida iba a encargarse Sophie. El problema ahora era qué clase de historia escribir. En un primer instante se me ocurrieron sólo estupideces: hacer que Sophie viajara a Barcelona, por ejemplo, y se matriculara en un curso de aprendizaje de catalán. En fin, verdaderas estupideces. Mi mujer me recomendó que buscara historias mejores.

«Ya te saldrá algo. Siempre encuentras salidas en las situaciones que te tienen atrapado», me dijo.

Regresé al día siguiente con mi mujer a Barcelona. Tenía la impresión de que, cuanto antes escribiera la historia, mejor sería para mí, pues sentía una urgente curiosidad por aclararlo todo lo más pronto posible, es decir, por saber cuanto antes cómo se desarrollaban las cosas y si era realmente interesante adentrarse en aquel atractivo pero raro e incierto proyecto. Tenía hasta miedo de que, si dejaba pasar el tiempo, la propia Sophie Calle se echara atrás, o hasta se olvidara de lo que me había propuesto. De modo que, nada más llegar a Barcelona, me puse manos a la obra y en muy poco tiempo escribí «El viaje de Rita Malú».

Confiando en que ella intentaría vivirla (y expectante ante la forma en que pudiera hacerlo: ¿encontraría, por ejemplo, al fantasma, que no era otro que yo mismo con cincuenta años más?), envié a Sophie en documento adjunto por e-mail «El viaje de Rita Malú», se lo mandé exactamente el 12 de enero. Pero su respuesta de correo electrónico se hizo esperar. Pasaron bastantes días y no me llegaba ningún mensaje de respuesta suyo, ni uno. Todos los días tenía que anotar en mi diario (desde septiembre escribía una especie de diario en un cuaderno rojo) que ella seguía sin dar señales de haber recibido mi historia.

¿No le habría atraído mi relato? ¿Habría descubierto que mi historia era en realidad la búsqueda, a través de ciertas geografías mentales, de un autor fantasmal que era yo mismo, aunque visiblemente más viejo?

No tener noticia alguna de ella fue creando en mí cierta incertidumbre. No me parecía que hubiera hecho yo un mal trabajo. Mi historia entraba en la línea de lo que se me había pedido. Y era, además, un relato elástico, que tanto podía ser un cuento cerrado como el primer capítulo de una novela. Eso daba cierta libertad para embarcarse en la historia hasta vivir una novela completa, pero también para enfrascarse en el primer capítulo y dejarlo en un simple cuento, apearse pronto del viaje.

Fueron pasando los días y, una tarde, estando todavía sin noticia alguna de Sophie, descubrí que su extraño silencio me había lisiado como escritor, pues para narrar dependía yo, por primera vez en mi vida, de otra persona y de que esa persona pasara a la acción, es decir, que viviera lo que yo había escrito y me pidiera, si se terciaba, que le continuara la historia. Era obvio que lo que no podía yo hacer (que era a lo que estaba acostumbrado cuando escribía novelas) era continuar por mi cuenta la historia del fantasma de las Azores, no podía continuarla hasta que ella pasara a la acción y encontrara al fantasma y me preguntara cómo seguía la historia, si es que quería seguirla.

No tener noticia alguna de Sophie me puso nervioso. Además, su falta de respuesta me dejó inerme, literalmente paralizado, sin poder continuar escribiendo hasta que ella me contestara. Me había asomado a un libro que no avanzaba, pues no dependía de mí que lo hiciera. Comencé a preguntarme si todo el proyecto de Sophie Calle no habría sido pensado por ella para acabar conmigo como escritor.

4

Le había advertido yo a Sophie en aquel encuentro en el Flore que el 23 de enero viajaba a un congreso de literatura que tenía lugar en Cartagena de Indias, Colombia. Y fue como si ella lo hubiera anotado mentalmente. Porque cuando por fin llegó su tardía respuesta por e-mail, llegó ese 23 de enero (once días después de que yo le enviara mi historia), llegó curiosa y precisamente ese día en el que yo acababa de dejar Barcelona y estaba ya volando hacia Colombia. Mi mujer, que estaba preocupada porque me había visto muy intranquilo por todo aquel asunto, me llamó al hotel de Cartagena y me comunicó que Sophie Calle me había por fin escrito y que me decía esto en su e-mail: «No he recibido nada tuyo todavía. Pero no urge.

Tuve un problema de internet. Una avería, la semana pasada. Temo que pienses (en el caso de que me hayas enviado algo) que me he quedado silenciosa».

Me di cuenta de que había casi que volver a empezar. A mi regreso de Cartagena de Indias, reenvié «El viaje de Rita Malú» a Sophie. Y ahí vino lo peor. Porque siguieron días de un nuevo y extraño silencio por parte de ella. Reflejé mi angustia en notas atribuladas, escritas en mi diario o cuaderno rojo.

Hasta que, el 3 de febrero, por fin llegó un mensaje de Sophie: «Mi madre ha querido volver a ver el mar antes de morir y nos hemos ido a Cabourg. En lo que nos concierne, por fin he comprendido por qué no recibía tus e-mails ni tu historia: iba a parar todo a mi caja de mensajes basura, incluida la pobre Rita Malú. En fin. Voy a ponerme pronto a leer tu historia».

Recuerdo que en la noche de aquel día soñé que Cabourg era la capital de una de las islas de las Azores. Pero fue un sueño más tranquilo que el de los días anteriores. Como si la promesa de Sophie de que iba a leer mi historia me hubiera calmado.

5

Acuérdate de desconfiar.

Stendhal

Fui al día siguiente a Girona a dar una conferencia y después en la cena con algunos amigos conté en breves trazos, algo nervioso por los efectos del alcohol, el proyecto en el que me había metido con Sophie Calle; necesitaba contarlo, era mi forma de escribir ya que no podía escribir nada, debía estar de brazos cruzados a la espera de que Sophie se decidiera a hacer algo. Naturalmente podía empezar un cuento o una novela que nada tuvieran que ver con el proyecto de Sophie, pero me sentía incapaz de iniciar un proyecto paralelo.

—Estoy paralizado —les dije— porque no puedo desear la muerte de la madre de Sophie para reemprender la novela. Ni siquiera puedo escribirle un e-mail, no puedo hacer nada. No puedo, en realidad, ni interesarme por el estado de salud de su madre porque parecería que estoy ansioso de que pase algo grave y pueda yo volver a trabajar en el proyecto.

Y acabé recordando el patético caso de Truman Capote en *A sangre fría*: el escritor sufriendo indeciblemente porque, habiendo concluido el libro, no podía entregarlo sin la escena de la ejecución.

A la vuelta del viaje a Girona no pude más de tanta inacción y por e-mail, llevado por un impulso incontrolable, apreté suicidamente una tecla y le envié a Sophie una bella imagen de la isla volcánica de Pico, una imagen en la que la isla recordaba vagamente la de la película *Stromboli* de Roberto Rossellini. Por lo menos que pase algo nuevo, que pase algo, aunque sea un leve soplo de viento, recuerdo que me dije.

Ese mismo día, con sorprendente rapidez, ella me contestó. Me envió una fotografía que me dio miedo porque se trataba del rostro de su anciana madre: ojos de mirada intensa, como si me estuvieran reprochando mi obscena impaciencia por verla muerta.

A pie de foto, Sophie había escrito: «Y yo, por mi parte, te envío un retrato de mi madre. Es el que ha elegido para que figure en su tumba y que irá acompañado de este epitafio: "Ya empezaba a aburrirme". Te envío su foto porque de alguna forma ella se interpone entre la isla de Pico y yo. Me han dicho que estarás el 16 de marzo en París. Tal vez entonces podamos vernos».

Tenía que ir en efecto, el 16 de marzo, al Salón del Libro de París. Pero ese día aún quedaba lejos. Me pareció que debía esperar demasiado para ese reencuentro. Era —pensé— como si estuviéramos destinados ella y yo a comunicarnos con cuentagotas. Pero ¿qué otra cosa podía hacer? Aunque estar inactivo me ponía nervioso, no podía matar a su madre para que Sophie comenzara a pasar a la acción y llevara a cabo su viaje.

Escribí en mi cuaderno rojo: «Hay alguien en París que quiere que descubra que ya no quiero escribir. Y lo intenta, además, con una perversidad desaforada. Tendré que escribir sobre eso para poder seguir escribiendo».

Unos días después, decidí atreverme a enviarle a Sophie un nuevo e-mail que tal vez pudiera desbloquear algo —no me hice demasiadas ilusiones al respecto— la situación en la que me encontraba. Y escribí:

«La vida es un proceso de demolición (Francis Scott Fitzgerald)».

Pulsé la tecla. Ya no podía echarme atrás. Era irreversible. La frase sobre la demolición ya había viajado al domicilio de Sophie. Minutos después, de nuevo con sorprendente rapidez, Sophie me contestaba con la fotografía de una tumba en la que podía leerse *«Don't expect anything»*, es decir, «No esperes nada».

Me lo tomé muy mal. Como si ese *no esperar* fuera dirigido a mí. Le respondí enseguida, desesperado y tratando de defender mi dignidad. Le mandé una frase de Julien Gracq que decía: «El escritor no tiene nada que esperar de los demás. Créame, ¡sólo escribe para él!».

Cayó de nuevo el silencio en nuestro correo electrónico. Cayó el silencio por unos días. Una tarde de finales de febrero, me encontré con mi amigo Sergi Pàmies y me desahogué con él contándole toda la historia de Sophie Calle y la del extraño laberinto de e-mails en el que me había perdido. Por si acaso no le interesaba el tema, intenté absurdamente que se identificara con ese tema recordándole que él había nacido en París, como Sophie. No era necesario, por supuesto, decirle algo así. Sergi me escuchó con su amabilidad y curiosidad habituales y, tras darle algunas vueltas al asunto, terminó por insinuarme algo bastante terrorífico y que también yo había pensado. Me dijo que tal vez no había ninguna agonía de la madre y todo el juego consistía en un intercambio de e-mails que podían acabar convirtiéndose en una «novela de pared» de Sophie Calle a la vez que en un estudio de mi comportamiento ético durante la espera silenciosa de la supuesta muerte de la madre.

—Todos los e-mails que le has estado escribiendo a Sophie —me dijo Pàmies— puede que los veas algún día reproducidos a gran escala en las paredes de algún museo. A partir de ahora, cuida mucho lo que le escribas, pues puede que pronto lo veas con lente de aumento.

Al decirle entonces que las relaciones entre Sophie y yo tenían la estructura mental de una historia de amor (por los celos respectivos de no saber lo que pensaba la otra persona, pues en esto han consistido realmente siempre los celos en el amor: no saber lo que piensa el otro; léase a Proust para comprenderlo mejor), Sergi no quiso ponerse trascendente y me habló simplemente de una canción francesa titulada *Les histoires d'amour* que interpretaba el dúo Les Rita Mitsouko. En ella se cantaba esto:

«Las historias de amor terminan mal en general».

6

Ese mismo día, al volver a casa, me encontré por sorpresa con la respuesta de Sophie a mi frase de Julien Gracq. En esta ocasión no había texto, tan sólo una escueta fotografía con la cruz de una tumba. Enojado por la muda y solitaria cruz, decidí expulsar aquella imagen reenviándola a Sergi, que por su parte acababa de mandarme por e-mail la letra entera de la canción de Les Rita Mitsouko.

«Mira, Sergi, lo que me ha mandado la Sophie», escribí a Pàmies. Pero fue horrible. No me di cuenta y, llevado por la precipitación, mi mensaje se lo mandé en realidad a la propia Sophie. Ella no tardaría en enterarse de que la llamaba «la Sophie», sin demasiado respeto, y que, además, reenviaba sus e-mails a un tal Sergi.

En cuanto me di cuenta del error, quedé aterrado.

Siguieron días de un imponente, severo, espantoso silencio por parte de ella. Seguramente, todo se había acabado.

De repente, una tarde, cuando menos lo esperaba,

llegó un e-mail suyo: «Espero que no hayas pensado que mi *plurien* significaba nada más».

¿Se refería con ese «plurien» a su *No esperes nada*? Su frase iba acompañada por una foto de la entrada a un pueblo que se llamaba FAUX. Entendí que con ese mensaje algo quedaba ya muy claro: me estaba llamando «falso». Y algo aún quedaba todavía más claro, o más bien parecía confirmarse: todo había acabado entre nosotros, pues yo había demostrado ser un cerdo.

7

Pasé varios días como un sonámbulo, sólo escribiendo pequeñas notas ridículas en mi cuaderno rojo. Hundido. Hasta que una mañana, llevado por la euforia de la noche de alcohol del día anterior, comencé a decirme que no perdía nada por intentar una reconciliación con Sophie y me atreví a enviarle este e-mail: «Estaré del 16 al 21 de marzo en París, en el Hôtel de Suède, en la rue Vaneau. Como a veces no informan a los clientes de las llamadas telefónicas, quisiera comentarte que, si quieres decirme algo, el fax puede ser más útil para comunicarnos».

Se trataba en el fondo —en el caso de que Sophie decidiera contestarme— de indagar acerca de si era admitido un fax intruso en medio de una colección de correos electrónicos encaminados probablemente a constituir su hipotética «novela de pared». Envié el e-mail y —como decía mi madre cuando mi padre comenzó el largo servicio militar de su época y se dispuso ella a esperarlo sin saber la fecha en que él reaparecería— me senté a esperar. Eso es lo que hice en los días siguientes: me senté a esperar, instalado en mi escritorio a todas horas, pero sin escribir nada, dedicándome sólo a esperar y a pensar, a pensar en temas variados. Elucubraba pensamientos. Calculaba, por ejemplo, cuánto faltaba para que llegara la primavera y recuerdo que me decía cosas de este estilo: Con la primavera es necesario ser irónicos y yo sé que, sólo si lo soy, sobreviviré a esta próxima estación. Cosas así, muchas sin excesivo sentido. Hasta que llegó el 16 de marzo y viajé al Hôtel de Suède de la rue Vaneau de París.

Llevaba sólo unas horas en el hotel cuando llegó un fax de Sophie en el que me animaba a llamarla a su casa. Mi primera reacción fue de alegría y fastidio al mismo tiempo. Por un lado, nada deseaba tanto como haber sido perdonado por ella, pero, por otro, sentía que podía ser un fastidio que aquella complicada relación pudiera renacer.

Tras muchas indecisiones, finalmente decidí llamarla. El teléfono sonó tres veces. Descolgaron.

—Soy yo, soy... —balbuceé.

Un breve silencio. Luego la voz de Sophie:

—¡Ah! ¿Recibiste mi fax?

—Sí. Ya estoy en París. ¿Todo bien, Sophie?

Otro breve silencio. Y luego estas palabras, casi silabeadas:

—Ayer por la tarde murió mi madre.

Era lo último que esperaba oír.

No sabía si debía creerla. Parecía demasiada casualidad que su madre hubiera esperado a que llegara yo a

París para morirse. Pasé a sentirme perdido. Finalmente, masculIé unas palabras de pésame.

—Oh, vamos... —me interrumpió ella.

En ese momento sonó en casa de Sophie el timbre de otro teléfono, probablemente el de su móvil. Y ella me pidió que «la disculpara un segundo». Oí parte de lo que conversaba con la persona que había llamado. Pronunció claramente varias veces la palabra *exequias* y eso me pareció que, por muy inverosímil que hubiera llegado a parecerme todo aquello, más bien confirmaba como verdad —habría sido muy feo que se tratara de una farsa— el fallecimiento de su madre.

Colgó el móvil y volvió a mí. Me dijo que las exequias serían dos días después, en el cementerio de Montparnasse, y que no estaría mal que yo acudiera a ellas. Ese mismo día del sepelio aparecería en *Libération* la esquela. En cualquier caso, disponía de tiempo para verme, añadió. Si yo quería, podíamos encontrarnos en algún lugar de París en menos de una hora. En el Hôtel de Suède mismo, por ejemplo.

Una hora y cinco minutos después, Sophie entraba en el *hall* del Hôtel de Suède con una cámara de vídeo y una amplia sonrisa. Allí estaba yo esperándola. Encargó en recepción dos cafés y, sin yo estar dispuesto a verlas, pasó a mostrarme imágenes recién filmadas de su madre muerta y una fotocopia de la peculiar esquela que aparecería dos días después en *Libération*.

No tardó en explicarme que, tras el asunto de su madre, ahora se interponía otro obstáculo entre la isla de Pico y ella. La habían invitado a la gran Bienal de Arte de Venecia y pensaba volcarse preparando su participación en esa importante muestra. Lo lamentaba mucho, pero nuestro proyecto debía retrasarse. Había mirado mapas de las Azores y, por otra parte, regresar a Lisboa, ciudad que no conocía mucho, le apetecía. No era que no le interesara el viaje de Rita Malú, que le interesaba mucho, sino que la Bienal de Venecia era —como yo podía comprender perfectamente— primordial para ella.

Podía, en efecto, comprenderla perfectamente, pero una pregunta quedaba en el aire y no tardé en hacerla:

—Entonces, ¿cuándo podrás dedicarte a vivir «El viaje de Rita Malú»?

—En mayo del próximo año —respondió sin pestañear.

¡Dios mío! Me pareció que mayo de 2007 estaba muy lejos. ¿A qué me dedicaría hasta entonces?

—He esperado mucho tiempo, más de ocho años, para abordar esa experiencia del relato *vivido* y ahora a mí ya no me importa esperar un año más —añadió a modo de explicación.

—¿Ocho años?

—Sí. Desde que se lo propusiera a Paul Auster hasta el día de hoy han pasado ya ocho años. Puedo esperar un poco más, ¿no crees?

Me pareció que aquélla era una oportunidad inmejorable para escenificar una ruptura y decirle que en modo alguno iba yo a esperar catorce meses y, en fin, que se diera por enterada de que aquello era el final de nuestro imaginario contrato. ¡No iba a esperar yo aquella barbaridad de meses!

Sin embargo, en lugar de eso, sólo hubo por mi parte sonrisas y cierta resignación y docilidad.

Una hora después, nos despedíamos en la puerta del hotel y quedábamos para el día siguiente, en el Salón del Libro, en la puerta de Versalles, donde yo firmaba ejemplares de mi última novela. Iría a verme, dijo, pues le quedaba muy cerca de su casa. Me despedí y nos fuimos caminando a nuestras respectivas citas, cada uno caminando en dirección opuesta a la del otro. Yo fui a una fiesta de amigos cerca de la plaza de la Bastille, y allí conté algunos detalles de mi reciente encuentro con Sophie. Y mi historia la escuchó la redactora de una revista de rock y literatura que exclamó de pronto: «¡Oh, Dios! ¿También a ti te lo ha propuesto?».

No quería saber yo muy bien a qué se estaba refiriendo con ese «también a ti». «Pues sí, también me lo ha ofrecido», acabé diciendo. Y luego pregunté si era que lo había propuesto a alguien más que no fueran Paul Auster y Jean Echenoz. Y sí, lo había propuesto a más de dos escritores. También se lo había ofrecido a Olivier Rolin, por ejemplo.

Al día siguiente, supe que no eran tres sino como mínimo cuatro. Poco antes de que saliera yo del Littré en dirección al Salón del Libro, me llamó desde Segovia un buen amigo, el escritor y cineasta Ray Loriga, y me invitó a Madrid a participar en *Carta libre*, un programa de una hora en el que TVE le ofrecía la posibilidad de entrevistar a los artistas de su tribu imaginaria. Había pensado, me dijo, que entre sus invitados estuviéramos Sophie y yo hablando de nuestro proyecto en común. Le pregunté cómo sabía de la existencia de ese proyecto y me dijo que se lo había contado la propia Sophie, que era amiga suya desde hacía mucho tiempo. También él, tres años antes, había recibido aquella atractiva propuesta de Sophie. Había estado a punto de volverse loco, me dijo, pues había intentado denodadamente llevar a cabo el seductor plan, pero había chocado con todo tipo de extraños inconvenientes, Sophie incluida. Claro está que él, al menos, no había llegado ni a escribir la historia. Sin duda, para mí tenía que ser peor la cosa, pues la historia la tenía ya escrita y sin embargo no se ponía en marcha.

Me molestó bastante saber que habían estado antes en aquel proyecto más hombres de los que ella me había dicho. Pero no dije nada, guardé para mí el enfado. Acepté acudir al programa de Loriga entre otras cosas porque pensé que sería una nueva oportunidad de encontrarme con Sophie y tendría al menos algo más que contar por escrito sobre mi relación con ella, siempre a la espera —que amenazaba con volverse eterna— de que se decidiera a emprender la aventura, el viaje de Rita Malú hacia el encuentro con mi fantasma.

8

Dos horas después, estaba yo firmando ejemplares de mis novelas en el Salón del Libro cuando apareció Sophie acompañada de una amiga a la que me presentó como Florence Aubenas, es decir, como la famosa periodista de *Libération* secuestrada y posteriormente liberada en Irak. Yo hasta había firmado desde Barcelona un manifiesto a favor de su puesta en libertad, pero no había visto fotografías de ella, de modo que, sin poder remediarlo, desconfié de que realmente fuera Aubenas. Aún vivía con la inercia de sospechar que Sophie me engañaba en todo, que me había mentido con lo de su madre y ahora quería burlarse de mí presentándome a una falsa Aubenas.

—No me engañes —le dije a Sophie.

Me salió del alma. Fue algo que me salió espontáneamente, como si explotara después de tantas ambigüedades. Había empezado incluso a coger confianza con ella.

—¿No me engañes qué significa? ¿Quieres decir que no juegue contigo? —dijo entonces Sophie en un español más que correcto.

—Exacto —sonreí—. No juegues conmigo.

(Me pareció un buen título para una novela.)

Sin embargo, Florence Aubenas era Florence Aubenas. Todo el mundo a mi alrededor me lo confirmó. La propia Aubenas, para que confirmara que era ella, me invitó a su *stand*, donde me regaló y dedicó *La méprise*, su libro recién aparecido. Después, volví al mío, a mi *stand*, y seguí firmando libros. De vez en cuando, aparecía Sophie, que se movía entre el *stand* de Florence y el de mi editorial.

Sophie aparecía mirándome fijamente y riéndose de forma contagiosa. Acabé riendo con la cara desencajada en mi inútil intento de mostrarme enfadado.

—No juegues conmigo —volví a decirle.

Y se me escapó una risa. Y eso fue todo. Al día siguiente yo me marchaba a Barcelona y ella tenía que asistir al entierro de su madre. Me pareció ridículo reprocharle que en el pasado hubieran existido tantos hombres involucrados en su proyecto de vivir una aventura escrita, tantos colegas rotos. No quise reprocharle nada porque me pareció que era grotesco y que, además, no tenía el más mínimo derecho a hacerlo.

Después de todo, la idea era suya y podía llevarla a cabo con quien quisiera y cuando quisiera. Me convencí, por otra parte (para no perder los nervios), de que todo en el fondo era irreprochable. No tenía yo por qué mostrarme tan ansioso ¿Por qué no esperar a mayo? Claro está que era el mes de mayo del año siguiente... Me molestaba, me indignaba haberme mostrado siempre tan sumiso cuando habíamos quedado en que sería yo quien ordenaría lo que había que hacer y lo que había que vivir. No acertaba a explicarme por qué me comportaba de aquella forma tan dócil. Pensé que a fin de cuentas en el programa de televisión de mi amigo Ray Loriga tendría una nueva oportunidad para rebelarme, para dar al menos algún puñetazo sobre la mesa. Me sentía prisionero de la extraña impresión de que en mi mano tenía yo un martillo fuerte pero no podía usarlo porque su mango ardía.

9

Ya en Barcelona, recibí un e-mail de Sophie en el que me decía que iría a Madrid el 6 de abril a grabar con Ray Loriga siempre y cuando le asegurara que yo también iría, aunque se sentía en la obligación de decirme que no le veía mucho sentido a aquel encuentro televisivo, pues la pregunta era: ¿de qué podíamos hablar los dos allí frente a las cámaras si el proyecto aún ni se había puesto en marcha?

Yo me presenté el 6 de abril en Madrid y grabé con Ray Loriga. Durante mi intervención en el programa conté lo que hasta entonces me había pasado con Sophie. No era que me hubieran ocurrido demasiadas cosas, pero supe encontrar agua donde no había fuente alguna. Ella no se presentó en los estudios. Alegando confusión en el horario y las fechas, no acudió a la cita de Madrid y Loriga decidió convertirla en la invitada fantasma del programa. Yo, por mi parte, al llegar a Barcelona, controlando mi fastidio, me limité a enviarle a Sophie un reloj con una leyenda portuguesa:

CONTAGEM DECRESCENTE

Un mensaje que era una protesta modestamente rabiosa, y hasta un conato de ruptura, como si quisiera decirle que el reloj del tiempo de mi paciencia había comenzado ya su cuenta atrás. Sophie me contestó enseguida. Me explicó que para la Bienal de Venecia preparaba una «novela de pared» sobre el tema de «las desapariciones» y debido a ello viajaba al día siguiente al sur de Francia, donde estaría un largo tiempo con Florence Aubenas, ilustre desaparecida en otros días en Irak. Se despedía por unas semanas y quería recordarme que en mayo de 2007 podíamos reanudar nuestro proyecto.

Me pareció observar que, siendo yo quien desde un principio había jugado a ser un fantasma, veía de pronto cómo todo estaba sufriendo un imprevisto vuelco y el fantasma se había modificado, ahora más bien el fantasma —como en la historia de Rita Malú— era ella. Me dije para mí mismo que seguramente había hecho muy bien el espectro de la casa roja de la colina de Pico cuando le había cerrado la puerta suavemente.

10

Fui a primeros de mayo a Buenos Aires para promocionar mis novelas y, sobre todo, con la idea de desaparecer yo también unos días, y acabé hospitalizado en el Vall d'Hebron en Barcelona. No me han quedado muchas ganas ya de volver a intentar esfumarme en un hotel argentino. Lo curioso es que en Buenos Aires hasta me jacté de haberme hecho fuerte en mi hotel de la Recoleta y de no haber pisado las calles de la ciudad en ningún momento, salvo en las dos horas que dediqué a una intervención pública en la Feria del Libro. Sonrió el público cuando dije que me había convertido en una sombra y que, como el personaje de uno de mis libros, no me había movido del hotel desde que había llegado a la ciudad. Pero eso en realidad era tan sólo literatura al estilo del *Viaje alrededor de mi cuarto*, ganas de encubrir un secreto íntimo: me fatigaba hasta cuando caminaba por los pasillos de ese hotel. Y sólo eso explicaba, por ejemplo, que no hubiera ido ni a ver la plaza de la Recoleta, que recordaba de otros viajes y que estaba a tan sólo doscientos metros del hotel.

Y aún no sabía lo peor: tenía una insuficiencia renal severa y estaba viajando hacia un estado de coma irreversible. Pero ¿cómo podía imaginar yo algo así?, ¿cómo podía imaginar que me estaba muriendo? Nada de todo esto supe hasta días después, hasta que regresé a Barcelona y me comporté como un sonámbulo en el aeropuerto del Prat (un flujo úrico envenenado estaba llegando ya a mi cerebro y era incapaz de advertirlo) y contesté de esta forma tan extraña, y con los ojos en blanco, a quienes me preguntaron por qué llegaba sin maleta:

—La vida no sabe qué clase de vida lleva.

Cuatro días enteros agazapado en el interior de ese hotel argentino jugando a esconderme y viendo siempre desde mi ventana (casi a modo de premonición de lo que iba a pasarme) un único y fúnebre paisaje: ciertas tumbas del vecino cementerio de la Recoleta, ciertos panteones de algunos próceres de la patria argentina. Flores sobre el mausoleo de Eva Perón. Una vista obsesiva, enfermiza, mortal.

¡Vaya viaje!

11

Me acuerdo de la vista obsesiva que tenía W. G. Sebald desde esa ventana de hospital de la que nos habla al inicio de *Los anillos de Saturno*: «Justo después de que me ingresaran en mi habitación del octavo piso del hospital estuve sometido a la idea de que las distancias de Suffolk, que había recorrido el verano pasado, se habían contraído definitivamente en un único punto ciego y sordo. De hecho, desde mi postración, no podía verse del mundo más que un trozo de cielo incoloro en el marco de la ventana».

Sebald cuenta que a lo largo del día le asaltaba con frecuencia un deseo de cerciorarse (mediante una mirada desde la ventana del hospital cubierta extrañamente por una red negra) de que la realidad, tal como se temía, había desaparecido para siempre. Ese deseo, con la irrupción del crepúsculo, cobraba tal fuerza en Sebald que después de haber conseguido, medio de bruces y medio de costado, deslizarse por el borde de la cama hasta el suelo y alcanzar la pared a gatas, lograba incorporarse pese a los dolores que le producía, irguiéndose con esfuerzo contra el antepecho de la ventana. Como un Gregor Samsa o un escarabajo cualquiera.

En fin. En mi caso, tardé tres días en poder llegar por primera vez al punto ciego y sordo de mi ventana de la décima planta y desde allí, incrédulo, ver la vista —sorprendentemente llena de vida— que se extendía desde el barrio del Vall d'Hebron hasta el mar. De modo que el mundo sigue ahí, me dije. Me pareció algo asombroso todo aquel hormigueo de gente que podía ver desde allí arriba cruzando febrilmente avenidas y calles: la misma enloquecida circulación humana que no se alteró cuando el joven de *La condena* de Kafka se arrojó desde la ventana de la casa paterna.

Pensé en lo lejos y en lo cerca al mismo tiempo que quedaban ya mi hotel de la Recoleta, Sophie Calle, las tumbas y mausoleos con sus flores funerarias, Rita Malú y Eva Perón, mis días peligrosos de desaparecido en ultramar.

12

Recuerdo que en los momentos en que lograba sentirme optimista acababa sospechando que el optimismo era también una enfermedad.

13

Al cuarto día pude empezar a leer algo. Pedí un libro de Sergio Pitol del que recordaba una frase que siempre me había llamado la atención: «Adoro los hospitales». No recordaba cómo seguía el texto tras aquella chocante frase. Descubrí que lo que decía ahí Pitol no podía coincidir más con mi propia experiencia: «Adoro los hospitales. Me devuelven las seguridades de la niñez: todos los alimentos están junto a la cama a la hora precisa. Basta oprimir un timbre para que se presente una enfermera, ¡a veces hasta un médico! Me dan una pastilla y el dolor desaparece, me ponen una inyección y al momento me duermo...».

De noche llegaba lo más duro. Mi dolencia se convertía en un punto más sordo y ciego que el de mi ventana a la vida y al mar. Recuerdo que en la última noche me dediqué a ahuyentar la angustia —una forma como otra de olvidarme de que estaba en un hospital— explorando la palabra *hospitalidad*. Y tuve la suerte de que el enfermero guineano del servicio nocturno me descubrió pensativo y, buscando apaciguar mi desazón, acudió en mi ayuda preguntándome en qué pensaba. Al decirle que meditaba sobre la palabra *hospitalidad*, entró en un largo silencio que rompió de pronto para decirme que no olvidara nunca que todo era relativo y que, por ejemplo, los franceses siempre habían tenido una gran fama de hospitalarios y sin embargo nadie se atrevía a entrar en sus casas. Me hizo reír y sentí cierto bienestar el resto de aquella noche. Pero al amanecer, con las primeras luces rosadas sobre el punto ciego y sordo de mi ventana del

Vall d'Hebron, la angustia reapareció con fuerza inusitada y me quedé esperando un movimiento del aire, aunque fuera sólo uno, un solo movimiento del aire: sólo una prueba de que aún vivía y esperaba.

14

A la espera de esa operación que eliminará mis problemas y que se llevará a cabo en unas semanas, llevo una ortopedia incómoda —una sonda en el pene— que limita mis movimientos. Puedo pisar la calle si quiero. La sonda desemboca en un saquito al que va a parar la orina y que disimuladamente va, por debajo del pantalón, atado a mi pierna derecha. Se disimula bien, pero por el momento sólo salgo para tomar un taxi e ir a hacerme analíticas a un centro médico de la calle de Aribau o para visitar en el hospital, indistintamente, al nefrólogo o al urólogo que llevan mi caso, o para sentarme en la terraza del bar de la esquina. Aunque el médico me ha dicho que puedo llevar una vida normal, salgo lo estrictamente necesario, no voy muy lejos.

15

Leí en una nota de internet que «la tercera sección de *Double Game* surgió de la invitación que Sophie Calle le ofreció a Paul Auster: convertirse en el *autor* de sus acciones, inventar un personaje ficticio que ella intentaría imitar, en definitiva, hacer lo que él quisiera con ella, por un lapso de un año como máximo». Al parecer, Paul Auster, al no querer ser responsable de lo que pudiera pasarle a Sophie, le envió en cambio unas *Instrucciones personales para S. C. sobre cómo mejorar su vida en Nueva York (porque ella lo pidió...)*. Sophie siguió sus indicaciones y el resultado del proyecto se llamó *Gotham Handbook*. Sonreír todo el tiempo, hablar con extraños, dar alimento y cigarrillos a los indigentes y cuidar de un lugar que ella escogiera se convirtieron en las reglas de este juego, que se prolongó por el periodo de una semana durante el mes de septiembre de 1994, teniendo como epicentro una cabina telefónica situada en la confluencia de Greenwich y Harrison. Según Sophie Calle, el resultado de tal operación fue: 125 sonrisas dadas por 72 recibidas, 22 sándwiches aceptados por 10 rechazados, 8 cajetillas de cigarrillos aceptadas por 0 rechazadas, 154 minutos de conversación.

Leí todo esto como si hubieran pasado años desde que me ilusionara la propuesta de Sophie. Y es que mi colapso físico había situado por delante de todo a mi salud y el tema de mi proyecto con ella había pasado a un sexto o séptimo plano en mi vida. Tanto era así que su nombre y apellidos, Sophie Calle, se habían alejado hasta de lo que diariamente anotaba (inventando mucho desde diciembre) en el cuaderno rojo.

De vez en cuando, eso sí, regresaba el recuerdo de aquella nota leída en la red y daba vueltas al título que le había dado a su trabajo Paul Auster, sobre todo a aquel *porque ella lo pidió*, que iba entre paréntesis. No sabía por qué, pero sucedía que en los momentos más idiotas regresaba al recuerdo de Sophie y no paraba de darle vueltas a aquello de «*porque ella lo pidió*».

Cuando esto me ocurría, no paraba también de pensar en todo lo que me había sucedido con Sophie y acababa corroborando una vez más que había hecho muy bien el fantasma de la casa de Pico al cerrarle a Rita Malú la puerta *suavemente.*

Mi sonda —como sigue ocurriendo ahora— parece empeñada en actuar a todas horas como una de esas muecas de Arlequín que interrumpe la peripecia que se desarrolla en la escena y deshace obstinadamente la trama.

De hecho, la sonda, la enfermedad, el colapso —llámese como se quiera— no hizo, no hace más que deshacer la trama de mi historia con Sophie y distanciarme todo el rato, suavemente, de ella.

III. El embrollo mismo

1

Ayer me acordé de un amigo que decía que todos hemos pensado alguna vez qué habría pasado si nos hubiéramos acercado a esa mujer de otra manera, si hubiésemos hecho un gesto que no hicimos... Y recordé también unas palabras suyas: «Pensamos en haber vivido lo que se vivió como si fuese un borrador, algo que puede ser transformado».

Tal vez sea un buen plan para escapar algo de esta prisión en la que vivo con mi sonda. Desde ayer estoy repasando mi diario de los últimos meses, el cuaderno rojo de notas rápidas que comencé en septiembre pasado y en el que me he inspirado para recrear en el ordenador mi historia con Sophie Calle. He pensado que, ya que ella no se ha decidido todavía a vivir lo que le escribí en «El viaje de Rita Malú», podría intentar yo mismo dar el salto de la literatura a la vida, ahora precisamente que sólo una sonda me ata a ella, a la vida. Y para ello me propongo seleccionar algunos fragmentos de mi cuaderno rojo y, al estilo de Petronio (que se atrevió a vivir lo que había escrito), aventurarme a vivir alguno de esos episodios, es decir, atreverme a vivirlos de nuevo, corrigiéndolos, si es necesario. Como si ciertos fragmentos de mi diario hubieran sido hasta ahora sólo borradores de mi vida.

2

Inspecciono las primeras líneas de mi cuaderno rojo. Fueron escritas el 1 de septiembre del año pasado: «Amanece en mi cuarto de las ventanas altas cuando, al inaugurar este cuaderno rojo de notas o diario que escribiré desde Barcelona y otras ciudades nerviosas, me pregunto cuál es mi nombre, quién escribe, y se me ocurre que mi cuarto es como una cavidad craneal de la que surjo como un ciudadano inventado...».

¿Cómo diablos hacer para *vivir* esas frases tan sumamente literarias? Estoy en el mismo cuarto donde las escribí, pero me resulta difícil, por ejemplo, experimentar la sensación de que mi despacho es como una cavidad craneal de la que surjo como un ciudadano inventado.

Me doy cuenta de que todas esas frases con las que inauguré mi diario no son trasladables a la vida, son pura literatura. ¿Acaso puedo yo moverme ahora tranquilamente por mi gabinete de trabajo pensando que me muevo por una cavidad craneal? Como consecuencia de todo esto, bostezo, me hundo, me siento más paralizado que nunca. Y de pronto me parece que al bostezar, al abrir la boca he encontrado la mejor fórmula para sentir como *vividas* esas frases mías tan literarias. Y es que bostezar ha obrado un pequeño milagro y ha hecho que yo mismo me ensanchara y me agrietara como un abismo y, es más, me mimetizara con el vacío.

En el recuerdo me queda ya tan sólo la cavidad craneal, que en estos precisos instantes estoy depositando imaginariamente sobre mi escritorio, como quien coloca su cabeza sobre su mesa de trabajo.

3

De noche en casa, decido leer de golpe el resto de todos los fragmentos de mi cuaderno rojo de las notas rápidas y confirmo mi sospecha de que en realidad hasta el día de diciembre en que registro la llamada de Sophie Calle a mi casa de Barcelona no hay nada relevante en el relato de los triviales sucesos de mi vida. Nada hay relevante y todos los fragmentos son, en efecto, borradores. Pero no hay nada susceptible de ser corregido en ellos. Es más, lo más recomendable es dejarlos tal como están, como lo que son: grises borradores de mi vida.

Suele decirse que la literatura tiene una notable ventaja sobre lo que vivimos: la de que uno puede volver atrás y corregir. Pero en mi caso no me interesa nada volver atrás ni corregir; creo que es mejor dejarlo todo tal como está, al menos tal como está hasta el día en que digo que llamó Sophie Calle a mi casa. A partir de ahí, la cuestión es diferente. Ese día marca un antes y un después en mi diario porque fue el primero en que comencé a inventarme una historia. Hasta entonces todo lo que mis notas rápidas contaban me había sucedido de verdad, pero ese día hubo un cambio y se me ocurrió inventar que Sophie Calle me había llamado a casa para proponerme un misterioso proyecto que no podía contarme por teléfono. Esa primera nota rápida con inventiva acabaría con el tiempo elaborándola literariamente y trasladándola al ordenador y originando una fabulación paralela a la historia que iba inventando en mi enérgico cuaderno rojo de las notas rápidas.

¿Por qué inventé que Sophie Calle llamó a mi casa? ¿Y por qué inventé que me había pedido que escribiera algo para que ella pudiera luego vivirlo? Es muy posible que lo inventara todo precisamente *porque ella no lo pidió.*

Sophie Calle nunca llamó a casa, eso pertenece a mi imaginación, al igual que es inventada la historia de mis encuentros y desencuentros con ella. Supongo que imaginé esa llamada y todo lo demás porque estaba cansado de la atonía de mi existencia y necesitaba poder contar una vida más interesante en mi diario de las notas rápidas.

Lo pienso ahora bien y veo que con Sophie tengo una historia inventada, una historia escrita que a partir de hoy podría atreverme a intentar vivir en lugar de seguir imaginándola. Pero ¿cómo hacer para vivirla? De entrada, no es fácil lograr que Sophie Calle, a la que no conozco de nada, me llame a casa. Y más difícil aún quedar con ella en el Café de Flore y que me pida todo eso y que me proponga lo que ya le propuso hace ocho años a Paul Auster. Es difícil que logre vivir yo esa historia, pero no hay nada imposible y no quiero sentirme ahora derrotado de antemano, de modo que voy a intentar dar los pasos que sean necesarios para vivir la historia con Sophie Calle que hasta ahora he ido imaginando y escribiendo. Dicho de otra forma, si el tema del *Quijote* es el del soñador que se atreve a convertirse en su sueño, mi historia será la del escritor que se atreve a vivir lo que ha escrito, en este caso lo que ha inventado acerca de sus relaciones con Sophie Calle, su «artista narrativa» preferida.

4

Después de todo, tampoco es tan complicado lograr que Sophie me llame a casa. He de hablar simplemente con Ray Loriga, que ha sido quien me ha ido contando las cosas que iban ocurriéndole a Sophie en estos últimos meses. A él le debo la información sobre la lenta agonía de la madre y el entierro en Montparnasse, así como todo lo referente a lo de la Bienal de Venecia y la amistad con Florence Aubenas. Y tantas otras cosas que Ray me ha explicado de lo que le pasaba a Sophie y que me han permitido imaginarme una historia de encuentros y desencuentros con ella. Entre lo que me ha contado se halla también esa propuesta que Sophie le hiciera, hace tres años, al propio Ray, esa invitación a que le escribiera una historia que ella trataría de trasladar de la literatura a la vida. Se trataba de algo —supo muy pronto Ray por otras personas— que ella anteriormente ya había propuesto a Paul Auster, Jean Echenoz, Olivier Rolin y muy posiblemente a algún otro escritor más.

De hecho, la invención de mis relaciones con Sophie se puso exactamente en marcha el día en que Ray, que hace años que es amigo de ella, me contó la historia de esa invitación que él recibió de Sophie para escribirle un relato que ella intentaría trasladar a la vida. Al igual que con Auster, Echenoz, Rolin, me dijo Ray que todo acabó prácticamente en nada. Recuerdo la envidia instantánea que sentí al enterarme de todo esto, pues me habría a mí encantado que Sophie Calle me hubiera propuesto o pedido una cosa así, y más aún teniendo en cuenta que yo llevaba años especulando en torno a las relaciones entre vida y literatura y, aunque a tientas, buscaba ir más allá de ellas, sobre todo más allá de la literatura.

Aproximarme a Sophie, sólo algo así podía alegrarme la vida. ¿Por qué no intentaba que mi «artista narrativa» favorita me propusiera trasladar a la vida lo que yo le escribiera? Me pareció que yo tenía el mismo derecho que los demás a escuchar aquella propuesta. ¿O no? No sólo era la de Sophie una oferta tan peligrosa como atractiva, sino que, encima, parecía abrir las puertas a la fascinante y enloquecida osadía de ir muy lejos, de tratar, de una vez por todas, de ir más allá de la escritura. De hecho, según cómo se mirara, dejaba a ésta hecha un trapo, la rebajaba a la condición de piltrafa o de simple lugar de trámite para poder acceder a la vida: la vida, siempre tan importante. ¿O no? ¿No era eso lo que solía decirse? Me entraron de repente ciertas dudas. La vida, tan primordial. Lo repetí para mí mismo otra vez: La vida, tan primordial. Tan esencial, añadí. La sangre y el hígado, tan fundamentales. Las dudas aumentaron. ¿Debía tener la vida un lugar tan preferente? Me dije que en realidad esa tensión entre literatura y vida ha sido desde el primer momento, desde Cervantes, el tipo de debate que ha desarrollado la novela. En realidad, lo que llamamos novela es ese debate.

Recuerdo que, días más tarde, hice reflexiones del mismo estilo en *Carta blanca*, el programa que realizó Ray Loriga para Televisión Española y donde, sin decir para nada que era imaginada, me dediqué a presentar como real mi historia con Sophie, la supuesta relación profesional que venía llevando desde hacía tiempo con Sophie. Amante de la falsificación de relatos, Ray se prestó al juego y en su programa convirtió a Sophie en una especie de invitada-fantasma, que en realidad, bien pensado, era lo único que ella podía ser en esa emisión en la que se habló de un proyecto del que, como muy justamente le había dicho yo decir a Sophie en la ficción, nada podíamos explicar, pues «¿De qué podíamos hablar los dos allí frente a las cámaras si el proyecto aún ni se había puesto en marcha?».

5

Al despertar, me he desprendido, como cada día, de la bolsa-maletín a la que estoy atado mientras duermo (un tormento) y a la que va a parar la orina nocturna, y la he sustituido por ese saquito de plástico más pequeño que va atado a mi pierna derecha durante el día. Me he duchado y luego he anotado el sencillo sueño que acababa de tener y que giraba en torno a una mujer que no acababa de cerrar nunca del todo los grifos y cerraba siempre suavemente las puertas. Yo iba detrás de ella, renqueante, con mi sonda y con el látigo, es decir, con la sombra de esa sonda, y mi sueño dentro del sueño era una imagen de mí mismo inédita: le atizaba el culo con esa sombra.

Después, he llamado a Ray Loriga y he ido directo al asunto y le he contado que, lo más pronto posible, me gustaría que Sophie Calle me llamara a casa para proponerme un proyecto y me dijera que no podía contármelo por teléfono y que debíamos buscar una ciudad y un lugar para vernos. Se ha reído. Hablo en serio, le he dicho. Y le he explicado que me encantaría que, cuanto antes mejor, Sophie me citara en París, en el Café de Flore, para hablar de ese proyecto secreto, pues quiero tratar de *vivir* yo mismo la historia inventada que he estado escribiendo sobre mis relaciones con ella en mi ordenador, y esa historia exige necesariamente una escena en ese café de París, donde me gustaría que Sophie, aunque fuera fingiendo que me lo proponía de verdad, me preguntara si me gustaría escribirle una historia que ella luego trataría de vivir.

Ray se ha mostrado bastante incrédulo ante lo que le decía. Unos días antes me había llamado para interesarse por los severos problemas renales que van a llevarme al quirófano. «Pero ¿estás hablando en serio?», me ha preguntado. «Completamente», he dicho. «Pero ¿de verdad quieres ir con la sonda y medio jodido a París a entrevistarte con Sophie, a montar toda esa farsa con ella?», ha dicho, y se ha reído. Un breve silencio. «¿Y para qué quieres hacer todo eso?», ha preguntado. Me ha parecido algo enfático (y por eso he callado) hablarle de Petronio y decirle que me apetecía ver qué sucedía cuando uno vivía las aventuras que previamente había escrito, es decir, cuando uno daba el salto de su propia literatura a su propia vida. «¿Para qué, dime?», ha insistido. Otro breve silencio. Lo he resuelto como he podido. «Para estar en París y, sobre todo, para estar un rato no escribiendo, sino más bien viviendo lo que he escrito», he dicho finalmente. Entonces Ray ha querido saber por qué no me dedicaba a otra cosa. «¿A qué?», he preguntado más curioso que un niño muy curioso. No lo ha pensado dos veces: «Creo que tienes posibilidades de divertirte y ninguna de ellas pasa por ir con la sonda a París a vivir lo que has escrito». Me he sentido mal, incluso hasta sospechoso de estar actuando contra mí mismo. Es más, he tenido la angustiosa sensación de que por el hecho de querer ir más allá de todo me estaba cerrando a mí mismo el camino. Se lo he dicho a Ray. «El embrollo mismo del mundo», se ha limitado a comentar. Y no sé por qué esas palabras me han relajado, como si fuera la primera vez en la vida que compartiera con alguien la más sosegada y evidente de las verdades.

6

Dos días después, estaba yo echado sobre el duro caparazón de mi espalda (es un decir, me refiero a que me encontraba medio dormido, desnudo boca arriba en mi cama, y notaba la espalda muy dura, seguramente a causa del excesivo rato que llevaba en esa posición, con la sonda al aire, ya que, sabiendo que estaba solo en la casa, no había guardado las formas y no me había tapado con la sábana) cuando sonó el teléfono. Era Sophie Calle.

«Por fin volvemos a hablar. Ya era hora, ¿no te parece?», me dijo en un español con marcado acento francés. Vi que el número de teléfono era de París, pero aún no se me había ocurrido pensar que pudiera ser Sophie Calle la que llamaba y pregunté, medio aterrado, quién estaba al otro lado de la línea. «Soy Sophie, sólo quería volver a hablar contigo, que no pienses que he abandonado nuestro proyecto, sigo en él, pero es que he andado muy atareada...» Me temblaron levemente las piernas mientras abandonaba mi posición de escarabajo boca arriba y me sentaba en la cama. Ella actuaba como si estuviera recuperando una relación amorosa, medio truncada, entre los dos. No era eso lo que le había pedido a Ray. Y en cuanto a si era realmente ella quien llamaba, si era la verdadera Sophie Calle, no había duda posible. Había oído (y hasta estudiado) su voz en diversas grabaciones. Y era ella.

Me pareció que tenía que seguirle la corriente. «Créeme que no te exijo nada, también yo he andado atareado, todo se andará», dije. Pero ella parecía empeñada en aclarar las cosas: «Lo de Venecia me ha quitado tiempo, pero sobre todo el papeleo burocrático tras la muerte de mi madre, que ha sido, sigue siendo, sumamente fatigante. Sólo quería decirte que nada quedó interrumpido, que quiero llevar a la vida tu historia...». Le dije que todo estaba bien, que no se preocupara, y por unos momentos tuve la impresión de que estaba hablando ya con gran confianza con ella, como si la conociera desde hacía ya tiempo. Habría terminado por contarle lo de mis dolores renales y de uretra y hasta le habría comentado que me encontraba en un periodo clínico preoperatorio de no ser porque de pronto cambió el tono de su voz, que se volvió más grave, casi agresivo.

«¿Estás seguro de que todo está bien? Tu voz es la de alguien ligeramente decepcionado», dijo de pronto. Me quedé callado, inmóvil, allí sentado en la cama, desnudo, desconcertado, con una repentina taquicardia. «¿Cómo?», pregunté. «Debo proponerte algo, pero no puedo hacerlo por teléfono. ¿Podríamos vernos? Me gustaría saber si tienes pensado viajar a París en las próximas semanas», dijo. Y no tardamos en quedar cuatro días después, el viernes 16 de junio, en el Café de Flore, para la escena de la farsa. ¿O tal vez no iba a tratarse de una farsa y pensaba ella proponerme en serio que le escribiera una historia? Ésa era mi gran esperanza. Si me proponía de verdad lo mismo que a Auster y a Loriga, podía sorprenderla entregándole una copia de «El viaje de Rita Malú». Llamé a Ray para agradecerle su gestión, pero no le encontré. Después, por amigos comunes, supe que había salido de viaje —algo relacionado con la película sobre santa Teresa que acababa de rodar— y no volvería en dos semanas.

Decidí proponerle a mi mujer que me acompañara a París, pero se negó en redondo a semejante locura. Debía primero operarme —dijo—, y luego, cuando ya la sonda se hubiera volatilizado, dedicarme a entrevistas con

Sophie Calle y otras zarandajas. «Por cierto», dijo, «¿qué te ha dado con Sophie Calle? Porque una cosa es que la admires y hasta que envidies lo que le propuso a tu amigo Ray, pero otra, muy diferente, es que arriesgues la sonda y hasta la vida para ir a verla».

Yo sabía que sus palabras eran sensatas, pero también sabía que el arte no lo es, nunca lo ha sido, más bien siempre fue una bomba contra el sentido común y un intento de ir más allá en ciertas sendas ya trilladas. Además, sin duda, mi mujer estaba exagerando, pues tenía yo todos los permisos médicos para volar en avión y no me jugaba en modo alguno la vida marchando a París. Es más, podía entretenerme —y mucho— aquella aventura de ponerme a vivir lo que yo había escrito y, por otra parte, nada tenía por qué impedir que llegara a tiempo a Barcelona a mi cita con el anestesista del Hospital del Vall d'Hebron el jueves 22 de junio.

«¿Y si el hospital te adelanta el día y la hora con el anestesista, tal como te advirtieron que podía ocurrir? ¿Entonces qué? ¿Eh? ¿Qué? ¿Vas a retrasar la urgente operación sólo porque quieres tomar un café en el Flore?», dijo mi mujer, más que indignada. No sé qué le respondí, pero sí sé que no logré convencerla para que me acompañara.

El hecho es que el 16 de junio a primera hora, solo como una rata y con un importante remordimiento y con el consiguiente monumental enfado de mi mujer, como si fuera un pobre soltero lisiado, subí a un avión y me planté en París, con billete de vuelta a Barcelona para la noche. Llegué una media hora antes al barrio de Saint-Germain donde está el Flore, llegué algo inquieto ante el encuentro, en realidad más de lo que esperaba estarlo. Lo ideal habría sido ir primero al Café Bonaparte a tomarme dos whiskies y ser así totalmente fiel a la historia que había escrito en mi ordenador y que deseaba reproducir. Pero sabía perfectamente que beber aquello rayaba en el suicidio, pues mis riñones no iban a admitir fácilmente los whiskies. Iba a darles a mis riñones un trabajo doble y a colocarlos innecesariamente, dadas mis circunstancias físicas, en una situación de alto riesgo. Finalmente, entré en el Bonaparte y en la barra pedí un agua sin gas. Me la bebí de golpe y pedí otra inmediatamente. También la bebí de golpe. Miré a mi alrededor para ver si mi ansiosa actitud hacia el agua había llamado la atención de algún cliente, pero, como era lógico, el mundo seguía igual, seguía su curso sin más problema y sin que nadie se preguntara por qué tomaba o dejaba de tomar vasos de agua. Fui al lavabo y vacié de orina la bolsita de plástico que llevaba adherida a mi pierna derecha. Luego volví a la barra, pagué y salí del Bonaparte andando muy despacio y, como aún faltaban veinte minutos para las doce del mediodía, me detuve en el escaparate de la librería La Hune, a diez metros del Flore. Miré a ver si alguien me había seguido, pero nadie lo había hecho. No miré más, porque no quería parecer un paranoico. Aunque eso era absurdo. ¿Ante los ojos de quién podía yo parecer un paranoico si nadie, absolutamente nadie, me observaba?

Dirigí mi vista al escaparate de La Hune y allí estaban expuestos varios libros del escritor que más odiaba en este mundo. Por suerte, pude seguir mirando al escaparate porque esos libros compartían espacio con una magnífica y gran reproducción de *La Novia puesta al desnudo por sus Solteros, incluso...*, el enigmático vidrio doble de Marcel Duchamp, pintado al óleo y dividido horizontalmente en dos partes idénticas por un filo de plomo. En la parte más alta de la mitad superior, dominio de la Novia, podía verse una perfecta reproducción de la nube de color grisáceo (oí siempre decir que era la Vía Láctea) que pintara Duchamp. La nube envolvía tres tableros, cuya función (oí también siempre decir) consistía en transmitir a «unos solteros» situados en la parte baja del vidrio las descargas de la Novia, posiblemente sus órdenes, sus mandamientos. Me fijé muy especialmente en lo que siempre me intrigó e interesó más de ese vidrio duchampiano: una zona de puntos en el extremo derecho de la parte superior. Esa zona, esos puntos, siempre fueron conocidos como el lugar de los disparos de los solteros.

Casi me extasié mirando hacia esos puntos, hasta que la vista me traicionó y volví a ver los libros de mi escritor más odiado. Pensé en enviarle un disparo de soltero. ¿Tenía yo que pensar que la propia Sophie Calle había puesto allí aquellos libros para encresparme? Eso era algo más que improbable. Pensé entonces en la intervención quirúrgica que me esperaba cuando volviera a Barcelona y en la muerte y también pensé —no sé por qué— en que podía perderlo todo.

La muerte me llevó a meditar sobre la vida. Pero ¿qué vida? Me dije que ya empezaba a ser hora, en una época tan confusa como la nuestra, de preguntarse qué era lo que realmente entendíamos por *vida*, es decir, de preguntarnos de qué hablábamos cuando hablábamos de ella y si no estábamos en el fondo hablando siempre de la muerte. Seguramente habría que empezar a matizar la definición de experiencia... Yo también tenía un recuerdo algo lejano, más bien confuso, de ella. ¿Quién vivía en total plenitud? ¿Vivía alguien? Y, por cierto, ¿qué clase de vida llevaba la vida?

Decidí salir de la zanja oscura en la que me había metido y pasé a especular acerca de qué me diría Sophie cuando nos viéramos. Eso era lo que realmente importaba en aquel momento. ¿Me propondría que le escribiera una historia para luego vivirla y yo debería entender su propuesta sólo en clave de farsa, de representación teatral? ¿O bien me lo propondría en serio y yo, al ver que me ofrecía llevar mi escritura más allá de la escritura, hasta podría entonces ofrecerle inmediatamente «El viaje de Rita Malú», los doce folios que llevaba tan cuidadosamente doblados en el bolsillo de mi americana?

Mientras pensaba en todo esto, no miraba yo los libros del escaparate ni vigilaba qué sucedía a mi alrededor, sino que permanecía más bien inmerso en una nube flotante. Por eso quedé levemente sorprendido cuando alguien se interpuso entre el escaparate y yo y, en un francés con marcado acento español, me saludó extendiéndome su mano y me preguntó muy educadamente qué estaba haciendo por allí. No había visto en mi vida a ese joven de gafas oscuras, traje y corbata negros, cuidada barba de cuatro días. Me salió de repente la veta chiflada de mi humor y le pregunté si era el decorador del escaparate. «Porque en el caso de que lo sea, quisiera presentarle mi más enérgica protesta», le dije. Y luego se me escapó una pequeña risa, que me hizo notar que no las tenía todas conmigo. Había tratado de concentrarme en mi encuentro con Sophie Calle y se habían interpuesto todo tipo de trabas en forma de pensamientos negativos o de tipos con gafas oscuras.

«¿Me has seguido desde el Bonaparte?», le pregunté por decirle algo en vista de que permanecía totalmente inmóvil ante mí mientras me observaba con cara de extrañeza y parecía estar mirando especialmente hacia la parte inferior de mi pierna derecha, allí donde se notaba un ligero bulto, el que provocaba mi bolsita de orina. «Pero ¿es que no te acuerdas de mí?», me preguntó de pronto mirando hacia el ligero bulto. Tragué saliva. ¿Sería un borracho en lugar de aquel «alcohólico anónimo» que había yo inventado para mi ficción basada en el cuaderno rojo? «Pero ¿es que no te acuerdas de mí?», volvió a preguntar. Y entonces caí en la cuenta y le reconocí. Las gafas negras me habían desorientado. Era un español que desde hacía años —más o menos desde que había vuelto a frecuentar yo ese barrio de París— circulaba por las calles del distrito saludando muy educadamente a la gente que encontraba y preguntándole si se acordaban de él. Para que te dejara en paz bastaba con decirle que, por supuesto, le recordabas. Le decías eso y se marchaba. Pero me quedaban unos minutos todavía para entrar en el Flore y decidí decirle que me acordaba perfectamente de él, pero que no sabía a qué se dedicaba. Se quedó muy serio. Simuló sentirse incómodo ante la pregunta, pero noté claramente que sucedía lo contrario, más bien estaba encantado de poder contestarme. Aspiró hondo, feliz, y luego dijo: «Soy un artista retirado y ahora vago por el mundo». Perfecto. Un artista retirado. Nunca nadie se había definido ante mí de esa forma. Le sonreí. Me dijo: «Lo que pintaba no interesaba a nadie, y un día me cansé y me pregunté por qué pintaba y sobre todo por qué quería interesar a alguien. ¿Y sabes qué hice? Me retiré. Y luego seguí pintando, como si no hubiera pasado nada. Pero pintando sólo en mi imaginación. Veo, por ejemplo, este escaparate y para mí es un bodegón. En él hay una corneja muerta. No creo que tú la veas. Hay días en que no existe nada más que mi mundo mental. Palabra de artista retirado».

Con sus palabras había superado con creces lo que esperaba oír de él. Ahora me había llegado la hora de saber desembarazarme del tipo. Sophie Calle era lo primero de todo. El artista retirado debía retirarse de mi vista. «Muy bien, hasta la próxima, siempre me acordaré de ti», le dije. Y me escapé de aquella situación marchándome con paso veloz, con mi cuerpo levemente doblado, la cabeza un poco inclinada, andando como si un fuerte viento me arrastrase a uno y otro lado del boulevard Saint-Germain, la sonda enloquecida yendo también de un lado para otro, las manos cruzadas a la espalda, y la zancada larga.

7

Entré en el Flore con cinco minutos de antelación, pero Sophie Calle ya estaba allí y se había hecho con una mesa bien situada. Me acerqué tratando de dominar mi pequeño pánico.

—Soy yo —dije con una timidez casi fuera de este mundo.

Y, esbozando un gesto respetuoso, pedí permiso

para sentarme. Sonrió tras dármelo. Traté de disimular que me costaba un poco sentarme a causa de la sonda que llevaba. Pero disimular fue peor porque hice un gesto equivocado y sentí un tirón en el pene y el consiguiente dolor, que se prolongó cerca de un minuto. Ella, ajena a mi drama, me anunció que hablaríamos en español, tal como lo habíamos hecho anteriormente por teléfono, pues había vivido un año en México y conocía bien el idioma. Y yo frené mi timidez y miedo poniéndome a hablar de inmediato. Empecé a contarle la historia de un supuesto espionaje y persecución a los que acababa de ser sometido por un alcohólico anónimo que, le dije, parecía salido —el hombre y la historia de la persecución— de alguna de las «novelas de pared» a las que tan adicta era ella. ¿No habría sido precisamente ella misma quien lo había contratado?

Sophie sonrió levemente. Acarició la cámara de vídeo que tenía sobre la mesa y abordó, sin más rodeos, el asunto. Traté de cambiar de posición en mi silla, acomodar mejor mi aparato genital y la sonda. Pero no logré mejorar nada. Lo que ella quería proponerme, dijo, era que yo escribiera una historia. Que creara un personaje que ella misma trasladaría a la realidad: un personaje que actuaría —a lo largo, máximo, de un año— al dictado de lo que yo escribiera. Quería cambiar de vida y estaba, además, cansada de decidir sus *acciones* y prefería que ahora alguien lo hiciera por ella, decidiera todo lo que tenía que vivir.

—En definitiva —concluyó—, tú escribes una historia y yo trataré de vivirla.

Permanecimos unos largos segundos en silencio, hasta que pasó a contarme que, años antes, ya le había hecho la misma propuesta a Paul Auster, pero éste había considerado excesiva su responsabilidad y había renunciado. También se lo había propuesto sin demasiado éxito, dijo, a Jean Echenoz, Olivier Rolin, a mi amigo Ray Loriga y a Maurice Forest-Meyer.

¿Quién era este último? Lo pregunté de forma vacilante y casi ininteligible, y mi pregunta acabó pareciéndose a un modesto disparo de agua en un lago —algo así como un risible disparo de soltero—, pues Sophie, alegando que no era el momento, se negó simplemente a aclararme quién era Maurice Forest-Meyer, nombre que pronunciaba con cierto énfasis. Me di cuenta, además, de que en realidad lo que yo quería preguntarle era otra cosa, algo completamente diferente. Lo que de verdad andaba deseando sonsacarle era si la propuesta que acababa de hacerme había sido tan sólo una puesta en escena o iba en serio. Pero ¿para qué preguntárselo si estaba claro que, respondiera lo que respondiera, no me aclararía ni orientaría nada? Era inútil preguntar. Disparé de nuevo, esta vez con mayor energía. Le pregunté si es que andaba deseando que me convirtiera en un artista retirado, y me observó con inicial estupor y luego con una mirada que me pareció glacial.

Largo silencio que finalmente rompí yo para decirle que había oído decir que la poderosa inteligencia de nuestra especie, que es un resultado al mismo tiempo rico y vulnerable de la evolución, se encuentra ante ciertas puertas que sería mejor no abrir, o bien cerrar muy suavemente. Nueva mirada glacial y, en este caso concreto, mirada de absoluta incomprensión. Entonces ya no pude contenerme más y se lo dije, me salió del alma, se lo dije vocalizando mucho:

—No estoy especialmente interesado en ir más allá de la literatura.

¿Me habría oído bien?

—Por si acaso —añadí— voy a decirlo de otra forma. No quiero indagar más en el abismo, es decir, en el más allá de la literatura. No hay vida ahí, sino un riesgo de muerte. Se parece a esos descubrimientos bioquímicos que empezamos a entrever y que yo creo que le tienden al hombre una emboscada. Por eso, he hablado de puertas que sería mejor no abrir.

No podía negar, continué diciéndole, que había sentido la tentación de ir más allá de lo que escribía. Pero, pensándolo bien, prefería quedarme donde estaba. No, no quería dar un paso más en el abismo del vacío y trasladarme de la literatura a la vida. Es más, no deseaba dejar mi escritura en brazos de ese tenebroso agujero que llamamos vida. Había estado indagando, explorando en ese sombrío abismo que intuía en el incierto más allá de mi escritura y consideraba que ante todo había llegado la hora de que nos preguntáramos —sobre todo en los tiempos en que estábamos— de qué hablábamos realmente cuando hablábamos de «la vida».

Como reteniendo cierta sonrisa, Sophie comentó que tenía que pensar en todo aquello. Y yo, por mi parte, decidí concluir, rematar lo que había expuesto, y le dije simplemente que para mí la literatura siempre sería más interesante que la famosa vida. Primero porque era una actividad mucho más elegante, y segundo porque me había parecido siempre una experiencia más intensa.

No es que estuviera muy seguro de lo que decía. Lo que en realidad era elegante era lo que había dicho, pero la vida siempre sería la vida, eso lo tenía bastante claro... No, no estaba nada seguro de cuanto le acababa de decir con tanta firmeza. La literatura tiene su intensidad, pero la vida no le va a la zaga.

Nada, no estaba nada seguro de lo que acababa de decirle, pero ya lo había dicho. En el fondo, actué así porque me molestaba que no hubiera sido por iniciativa propia por lo que ella me hubiera pedido una historia para poder vivirla. Claro que ¿por qué tenía que hacerlo? ¿Quién me creía yo? ¿Acaso no era sólo un fantasma?

Llegados a este punto, y ante el incómodo y nuevo silencio de Sophie, me acordé de aquella canción que decía que «las historias de amor terminan mal en general». La miré a los ojos y en ese momento caí en la cuenta de que ella, sin posibilidad todavía de poder percibirlo, tenía delante de sí al fantasma de la isla de Pico. Sophie no podía saberlo, pero le habría bastado con filmarme unos segundos en vídeo y el viaje de Rita Malú, la historia que yo llevaba cuidadosamente doblada en el bolsillo, habría llegado allí mismo a su término.

—Además, ya estoy fuera de aquí —añadí.

Y me marché. En la calle me encontré con la famosa vida y con un tráfico que parecía interminable. Crucé y fui más allá, más allá del bulevar.

LA GLORIA SOLITARIA

De joven, vi a Miles Davis en Barcelona tocar la trompeta en el sagrado Palau de la Música Catalana, templo provinciano del jazz. Con su actuación se armó un gran escándalo. Aquel músico —dijo la gran mayoría de los aficionados de Barcelona al jazz— le daba la espalda al público, les mostraba el culo y tocaba como si quisiera esconderse o hubiera sido asesinado por su propia trompeta. Yo en aquellos tiempos preferí pensar que en realidad Davis no había mostrado el culo a nadie y simplemente se había vuelto para poder quedarse a solas consigo mismo y así tocar mejor, más libre; había seguramente Davis descubierto la extraordinaria calidad de sonido que se daba en aquella sala y sospechaba que, tocando hacia el fondo y lo más hondo del escenario —por no decir, con la mirada puesta debajo del escenario—, podía concentrarse mejor en su música. No advertí más que esto, no quise ver otra cosa en la actuación de Davis, y creo que ya da igual lo que viera o quisiera ver ese día, pues hoy lo que esencialmente recuerdo de aquella actuación de Miles Davis es que con ella entré por primera vez en contacto con ciertos problemas que la exasperante sociedad del espectáculo crea a algunos artistas.

Aquella actuación hoy la recuerdo esencialmente por esto y también porque, a la larga, acabó influyendo en el segundo libro que escribí: una breve novela hecha con la intención de dar la espalda al público y con la intención de acabar con el lector, de asesinarlo directamente.

Eso me lleva ahora a recordar que de niño a Thomas Bernhard le gustaba hacerse el muerto, como si le hubiera asesinado el libro que estaba leyendo. Le encantaba aterrorizar a su madre. Luego, escribió mucho para el teatro y, en cierto modo, trató de organizar su vida (y su muerte) como obras de arte interpretativo. Lo cuenta Don DeLillo en *Contrapunto*, donde también habla del pianista Glenn Gould, otra alma solitaria, como Bernhard. A Glenn Gould la sola idea de comer le llenaba de espanto, sobre todo la idea de comer con gente, es decir, de verse atrapado en un almuerzo, de tener que hablar con los que comen, y todo eso.

Thomas Bernhard hablaba con admiración de Glenn Gould y del día en que decidió *atrincherarse* en su casa. Bernhard compartió siempre con Gould el deseo de blindarse frente al mundo y explorar a solas los vacíos de su singular universo. Ambos fueron fanáticos natos de las barricadas, fanáticos de esos dos juegos iniciáticos que tantos de nosotros hemos practicado en la infancia y que en el fondo son juegos íntimamente relacionados: uno, el de encontrar un placer especial en esconderse; el otro, el de hacerse directamente el muerto, que era un juego que de niños llevábamos incluso al mundo exterior, hasta esas playas de nuestros eternos veraneos, donde —con gran susto de nuestros inocentes padres— flotábamos cadáveres en la superficie de aquel *Mare Nostrum* de todos los veranos.

En su relato autobiográfico «El estanque», Robert Walser cuenta cómo de niño se escondió en un armario esperando a que su madre se preguntara dónde se encontraba y cómo, al ver que ella ni se conmovía ni le buscaba, simuló entonces —dejó flotando su sombrero en la superficie— haberse ahogado en el estanque cercano a su casa.

Lo más probable es que el placer de escondernos no residiera en ser al final descubiertos, sino en el hecho mismo de estar escondidos. De escondernos debajo de esa gran cama, por ejemplo, que había en la habitación prohibida del caserón de nuestra abuela; un cuarto en el que nuestros incautos compañeros de juego no se atrevían a entrar, hasta que finalmente, pasado un largo tiempo, los muy cabrones lo hacían y, al descubrirnos, nos malograban el hechizo incomparable de haber estado solos debajo de la gran cama y, de alguna forma, de haber estado *muertos*.

De esta excitación infantil, nos dice Giorgio Agamben en su ensayo *Genius*, proviene tanto la voluptuosidad con que Robert Walser asegura las condiciones de su ilegibilidad (los microgramas) como el obstinado deseo de Walter Benjamin de no ser reconocido. Para Agamben, placer e invisibilidad son los guardianes de esa *gloria* solitaria que su cueva ha revelado un día al niño: «Porque el poeta celebra su triunfo en el no-reconocimiento, como el niño que se descubre temblando *genius loci* desde su escondite».

Hablar, por cierto, del *genius loci*, hablar del espíritu del lugar, nos permite siempre pensar en una fascinante presencia ultraterrena, invisible y al mismo tiempo tangible. Porque Genius —como escribe Agamben— es nuestro dios íntimo y personal, pero es también lo más impersonal que hay en nosotros, la personalización de aquello que, en nosotros, nos supera y excede. Hay importantes diferencias entre nuestro Yo y nuestro Genius. Éste va con nosotros, es cierto, pero pertenece a nuestra vida sólo en la medida en que no nos pertenece, pues hay que saber que todo intento de apropiarnos de nuestro propio genio, de nuestro espíritu individual, de constreñirlo a firmar en nuestro nombre, está necesariamente destinado al fracaso. Así lo supieron ver algunos artistas a los que tenemos por genios cuando en realidad su genio tan sólo les acompañaba con pequeños y contados destellos en la nieve; sólo les acompañaba, no eran ellos mismos. A fin de cuentas, está ahí esa sospecha de que no somos autores de nada si no estamos ausentes, escondidos o muertos.

El genio personal que hay en todo niño se esconde por el placer del acto mismo de ocultarse, del mismo modo que el autor de una verdadera obra literaria escribe esa obra por el puro placer de escribirla y todo lo demás —el reconocimiento, las medallas, las aclamaciones del público, etcétera— le parece inmensamente superficial, accesorio y encima contrario a sus propios intereses y a los de la libertad de su duende personal.

El verdadero triunfo, *el prestigio propio*, que decía

Juan Benet, la verdadera y sublime gloria solitaria estribarían pues en no ser descubierto en el escondite, no ser reconocido. «¡La gloria nocturna de ser grande no siendo nada!», que decía Pessoa. Después de todo, ya hace años que surgió la pregunta entre nosotros y muchos nos hicimos sobrio eco de ella. Hablo de cuando nos preguntábamos, casi obsesivamente, qué era exactamente un autor.

Tal vez ser un autor sea hacerse el muerto, situarse en el lugar del difunto, y no perder de vista ciertas perspectivas que abrieron pensadores como Foucault, para quien lo que la escritura pone en cuestión no es tanto la expresión de un sujeto que escribe cuanto la apertura de un espacio en el que el sujeto que escribe no cesa de desaparecer: «La huella del autor está sólo en la singularidad de su ausencia; al escritor le es asignado el papel del muerto en el juego de la escritura».

En el caso de Thomas Bernhard, todo nos lleva a pensar que no hacía más que prepararse para un día ocupar ese lugar mortal del autor. «Me llamo Erik Satie como todo el mundo», decía Satie. Con esta frase tal vez quería decir que no se trata exactamente de que el autor esté muerto, sino que en tanto autor ocupa el lugar del muerto, marca sus propias huellas en un lugar vacío.

Sabemos que también a Thelonious Monk le gustaba de niño esconderse y simularse cadáver. Este gran artista del jazz fue tanto o más adicto a la gloria solitaria que Thomas Bernhard o Glenn Gould, las otras dos almas radicalmente solitarias que reúne DeLillo en *Contrapunto*, breve ensayo que relaciona sutilmente el mundo variopinto de estos adictos a la soledad, de estos grandes artistas del aislamiento, tempranos odiadores de la sociedad del espectáculo. Ahí está Glenn Gould, que, ante la incomodidad que sentía cuando estaba ante un público cualquiera, se refugió en la tecnología y el estudio de grabación buscando un clima de anonimato. Y ahí está también Thomas Bernhard, aislado en su mundo de literatura pura y dura. Y Thelonious Monk, que se retiró misteriosamente y no volvió a actuar en los seis años que transcurrieron hasta su muerte en 1982.

Me estoy refiriendo a un microcosmos de soledades todas vinculadas entre ellas, con sus tumbas y sus respectivos misterios, aspirando cada una de ellas a ser Erik Satie y disolverse en el anonimato, que es el espíritu del lugar, el espíritu del mundo entero. Tanto Bernhard como Monk o Gould necesitaron de la más aleatoria y sublime de las brumas misántropas para perfeccionar su arte de la soledad radical. Nos recuerdan a Julien Gracq diciendo: «El escritor no tiene nada que esperar de los demás. Créame, ¡sólo escribe para él!».

No olvidemos que de la mente humana en condición de aislamiento ha nacido, por ejemplo, el sujeto moderno. Montaigne aislado en su torre cercana a Burdeos. Y Descartes en su habitación caldeada de la ciudad alemana de Ulm. Sin embargo, el solitario radical fue, en culturas más antiguas, una figura maligna, pues se creía que ponía en peligro el bienestar del grupo. Pero a ese solitario le conocemos hoy perfectamente, le conocemos porque nos lo encontramos en nuestro propio interior, y en los demás.

Soledades perdurables de determinados artistas que se atrincheraron frente al mundo y la sociedad del espectáculo. No es fácil tratar con el público que te abraza y te odia al mismo tiempo. Basta ver la asfixia a la que llegó Bob Dylan y que tan nítidamente se explica en *No Direction Home*, la película de Martin Scorsese. «Yo sí que me voy a ir», dice Dylan cuando el público le chantajea y le amenaza con irse si insiste en *no repetir* sus fórmulas de éxito.

Siempre un verdadero artista es un solitario de sí mismo. Que después llegue al público es un asunto de un orden distinto. El aislamiento es absolutamente necesario para crear. «El aislamiento es un componente indispensable de la felicidad humana», solía comentar Glenn Gould.

¿Y qué decir de Monk? Se quedó inmóvil ante el piano en un club de Boston, presionando las teclas, sin sonido, durante tanto tiempo que, al final, sus seguidores abandonaron el local. Estaba oyendo algo que ellos no oían. Y aquel momento ninguno de sus amigos ha podido olvidarlo. Fue como si hubieran descubierto de pronto la verdadera esencia de la que estaba hecho el gran Monk.

Solitarios de gran coraje, ciertos genios atrincherados me traen siempre el recuerdo de esos deseos en Kafka de ser como un piel roja, siempre a caballo, pero sin ver ya la cabeza del caballo, a galope desenfrenado. Solitarios de sí mismos, exploradores de la nada más vacía que hay detrás de toda platea repleta de público, los artistas de los que habla DeLillo terminaron siendo todos muy esquivos y apartándose. Thelonious Monk, por ejemplo, me trae el recuerdo de la gran cama de la habitación prohibida de mi abuela. Y es que, antes de aislarse ya para siempre, Monk pasó un buen tiempo durmiendo debajo del escenario en el que tocaba todas las noches. Esa actitud siempre me ha parecido el comienzo del fin de la vida social de Monk y me lleva a veces a imaginar a Miles Davis durmiendo debajo del escenario del Palau de la Música Catalana, asesinado por su propia trompeta.

Esconderse era el destino de todos esos amantes de la gloria solitaria, todos esos artistas que acabaron necesitando el aislamiento radical porque sabían que eso les aproximaba más al absurdo general de la existencia y a la soledad que tarde o temprano habría de llegarles a la hora de la muerte. Solitarios de sí mismos y tenaces exploradores del vacío, todos ellos, un buen día, se fueron en dirección a un horizonte helado, «se fueron lejos para quedarse aquí», que diría Kafka. Thomas Bernhard fue enterrado en secreto, en Viena, una hora antes de lo previsto, para garantizar la intimidad del acto. Y en la tumba donde yace Glenn Gould están grabadas sobre el duro granito las tres primeras notas del tema de las *Variaciones Goldberg*. Las tumbas de esos artistas son hoy en día sepulcros metafóricamente conectados, tumbas en las que ellos pueden ya descansar tranquilos, como si estuvieran debajo de sus antiguos y fastidiosos escenarios. En cierta forma, sus imaginarios ataúdes recuerdan esa *roulotte* negra, ese oscuro coche funerario, rectangular y muy alargado, con el que Raymond Roussel viajaba por todo el mundo y en el que a veces dormía debajo de su escritorio, tal vez feliz de haber encontrado el mortal sitial del autor, y de paso el verdadero espíritu del lugar.

Un día, Maurice Forest-Meyer mandó construir una *roulotte* negra idéntica para él. Quería el genial equilibrista tener un coche como el de Raymond Roussel. Al final, más que el coche de Roussel, su *roulotte* lo que acabó recordando fue uno de esos *vagones funerarios* que había en Praga en la época de Kafka, unos tranvías negros que servían para el transporte de soldados muertos y en los que había espacio, como mínimo, para cuatro ataúdes.

Con esa *roulotte* hizo durante años gran parte de sus viajes artísticos. Y yo nunca olvidaré el día en que, encontrándome en la plaza central de la ciudad holandesa de Delft, entregado a la observación minuciosa de la luz que viera allí mismo el pintor Vermeer, aparcó en esa plaza de pronto una silenciosa y negra *roulotte* de aire muy funerario, de la que poco después, muy discretamente, fueron saliendo Forest-Meyer y sus amigos y ayudantes, de entre los que reconocí con emoción, por su inconfundible y elegante cojera, a la bellísima Delia Dumarchey, que iba acompañada de su hijita que tendría entonces unos diez años, vestida la niña con un maravilloso traje violeta.

Nunca olvidaré aquella visión fugaz de Delia Dumarchey, su eterna acompañante, la de la mirada siempre única y turbadora. Fueron saliendo todos de la *roulotte* y vi cómo al poco rato, sigilosamente, comenzaban a preparar, buscando supongo la sorpresa, una exhibición funambulista. Dos horas después, Forest-Meyer cubría en solitario, suspendido en el aire sobre su cuerda, la distancia entre la catedral y el edificio más cercano. Le recuerdo manteniendo, sin aparente esfuerzo, el equilibrio y observando desde las alturas, con una extraordinaria risa permanente, el vacío espléndido de la misma luz que viera en su tiempo el pintor Vermeer. Nunca olvidaré esa risa excepcional, diáfana, allá en lo alto, en claro contraste con el coche funerario, que había quedado aparcado allí abajo.

Por la rapidez con que montaron todo, no tuvieron muchos espectadores aquel día en la plaza de Delft, ni parecían buscarlos. Lo que realmente parecía importarle a Forest-Meyer era el gesto mismo de encaramarse por sorpresa allí en lo alto. Lo que allí parecía contar de verdad para él era el prestigio propio, aquella sobria forma única de actuar para sí mismo y, en última instancia, para Delia Dumarchey, que lo miraba todo desde abajo con su elegante ojo de cristal y aquel aire inolvidable de quieto misterio que me hizo temblar ante la idea de que tal vez no habría otra ocasión más que aquel día, bajo aquella inmemorial luz de Delft, para verla.

Esconderse era el destino de todos esos amantes de la gloria solitaria. Con gran arte, Don DeLillo teje a la perfección en *Contrapunto* las historias de unas soledades radicales que nos dejan impresionados, tal vez porque las vemos como soledades increíblemente sólidas, casi de granito. Es divertido DeLillo cuando utiliza alguna de sus frases enormemente crípticas: «El artista, adicto a la soledad, vive al borde de un mundo de hielo y de meditación invernal». ¿Qué quiso comentar con esto?

«Sucede sin embargo que es verano», solía decir Monk cuando nevaba en su ciudad natal. Y eso —también bastante críptico y, además, extraño— curiosamente parece aclararlo todo. Como la nieve cuando, aislada en el paisaje, con los destellos propios de su enigmática genialidad, logra en su radical soledad resplandecer como nunca.

LA BUENAVENTURA

1

Esta mañana, vía whatsapp, me han enviado el artículo en el que don Ramón del Valle-Inclán denunciara la exclusión de Julio Romero de Torres en los premios de la Exposición Nacional de Bellas Artes de 1912:

«Se adoban candidaturas, se subastan recompensas,

se intriga y se amaña un jurado, con aquel mismo descoco que un ministro de la Gobernación amaña el hato borreguil de la mayoría parlamentaria en el llamado Templo de las Leyes. Entre los artistas que concurrían a esta exposición, el único que aparecía dueño de una estética es Julio Romero de Torres. Una estética sutil que busca en las cosas aquel gesto misterioso que las hace únicas y durables».

En esta última frase me ha parecido que se escondía el secreto de los clásicos. Poco después, me ha llegado también por whatsapp otro artículo que, como el anterior, procedía de la prodigiosa biblioteca de Rodríguez Fischer. En él, don Antonio Machado aludía en términos muy elogiosos a Romero de Torres, que acababa de morir en Córdoba. La mención me ha parecido conectada con las palabras de Valle-Inclán sobre el infame trato que en ciertos ámbitos españoles se le dio al pintor. Y es que, al conocer la noticia de su muerte, Machado dejó por escrito que era un gran pintor y un hombre de bondad extraordinaria, así como el artista más modesto que había conocido en su vida. Y añadía: «Ha muerto cuando toda esta "gente nueva" lo tenía olvidado ya. Su pintura, sin embargo, quedará».

La gente nueva de entonces, he pensado, seguramente era como una parte de la gente nueva de ahora: despreciaban cuanto ignoraban. Y, justo en ese mismo momento, ha sonado el teléfono. Llamaban para urgirme desde Málaga a elegir ya, de entre aquellos cuadros que componen el fondo permanente del Thyssen, cuál me gustaría comentar el 23 de enero en la conferencia que me he comprometido a dar allí.

Ya lo había elegido, pero me quedaban dudas. Seguía aún oscilando entre Joaquín Sorolla y Julio Romero de Torres. El primero era ese gran artista comprometido con la luz. Y el segundo venía pareciéndome más adecuado para encontrarle algún punto en común con mi escritura, aunque quizás acabara yo necesitando la luz de Sorolla para convencerme de que había sabido elegir. Al final, la urgencia malagueña ha precipitado las cosas y los elogios de los grandísimos Valle-Inclán y Machado han inclinado la balanza hacia el pintor cordobés. De hecho, yo ya tenía casi previsto que, cuando un día sonara el teléfono y me urgieran a dar el nombre del cuadro elegido, simularía que dudaba —me gusta este tipo de juegos privados— para poco después, reforzando mi elección con la duda simulada, nombrar casi de un modo automático, como si la respuesta tuviera que darla una máquina conectada con las fuerzas del universo, *La Buenaventura*, de Romero de Torres.

Seguramente, ese gesto misterioso que hace únicas y durables las obras de arte, el gesto al que aludía Valle, ha sido decisivo a la hora de elegir ese cuadro de 1920 (hay otro muy parecido, por cierto, de 1922 con el mismo título).

Obrando con toda la libertad del mundo, he decidido concentrar «ese gesto misterioso» en un detalle muy concreto de *La Buenaventura*: el que llevaba a cabo la tiradora de cartas, con su exhibición de un naipe inmóvil atrapado en el curso del tiempo.

En el cuadro puede verse a dos mujeres jóvenes y morenas, las dos con su propio enigma a cuestas, dar vida a un encuadre con vida para siempre. Y este mediodía tanto me ha parecido ver a la eternidad en ese gesto inmóvil que hasta he llegado a sentir que, de golpe, ésta, con su infinita y congénita quietud fuera del tiempo, se acababa de plantar frente a mí.

«Porque yo te amo, ¡oh, eternidad!», he recordado que escribió Nietzsche.

2

La frase de Nietzsche, con su irrupción en mi pensamiento, me ha paralizado por momentos. ¿Qué habría buscado decir ahí el filósofo? ¿Y por qué, estando ante un Romero de Torres, ha cruzado sigilosamente por mi mente el pensador alemán?

Para tratar de entenderlo, he revisado mentalmente esa intuición de Nietzsche por la cual el hombre es un ser cuya naturaleza consiste, precisamente, en su continua autosuperación. Parece reñida la idea, he pensado, con la admiración que sentimos por los que aman permanecer fieles a sí mismos, los artistas que con fidelidad a su poética insisten en explorar aquello que les interesa tanto, y por eso insisten e insisten y vuelven sobre ello y crean el equívoco de que no quieren autosuperarse, cuando es lo contrario precisamente, pues quienes insisten en la captura de algo que saben que va a resistírseles representan la prueba máxima de una continua voluntad de autosuperación.

El caso de John Banville, por ejemplo, es paradigmático. Un día, en un coloquio, tuvo que contestarle a una señora de la última fila, que le preguntó directamente cuándo pensaba dejar de escribir sobre tipos que matan a mujeres. Respondió con flema irlandesa: «Cuando me salga bien, dejaré de hacerlo».

Vuelvo al «Porque yo te amo, ¡oh, eternidad!» de Nietzsche para confirmar que en realidad no venía para nada al caso que lo hubiera infiltrado en un comentario sobre un pintor cordobés del que el alemán jamás pudo tener noticia. Del mismo modo que tampoco tiene sentido aquel epígrafe con el que Alberto Savinio encabezara su libro *Maupassant y «el otro»*.

El epígrafe era de Nietzsche y decía «Maupassant, un verdadero romano».

Savinio, siempre agudo, añadió en una famosa nota a pie de página: «No bromeo lo más mínimo si digo que la definición de Nietzsche ilumina efectivamente la figura de Maupassant, pero mediante el absurdo. La ilumina tanto mejor en cuanto no se sabe qué quiso decir Nietzsche llamando "romano" a Maupassant, y quizá no quiso decir nada, como ocurre a menudo con él. Pero ¿me entenderá el lector si digo que cuanto más se dice es no diciendo nada?».

En fin, que he comunicado a Málaga el título del cuadro elegido, *La Buenaventura*, y me he quedado pensando por momentos en esa escena de eternidad que contiene la obra de Julio Romero. Escena de eternidad, aunque paradójicamente enmarcada en el restringido cuadro. Y he comenzado a sospechar que nunca sabré con exactitud qué nos está narrando esa pintura, más allá de lo que parece contar. Pero creo que es normal que así sea. Porque, a pesar de las apariencias, es una obra de arte tan compleja y cercana a lo absoluto que, como pasa con algunas frases de Nietzsche, permite todo tipo de interpretaciones y, al mismo tiempo, ninguna.

Aun así, el gesto de la tiradora de cartas es singular, porque se puede aislar de todo y seguir siendo igual de misterioso, porque a fin de cuentas parece encerrar el enigma del alma andaluza. Porque la mujer que muestra el cinco de oros es alguien de carácter optimista y positivo y, además, alguien que *sabe lo que va a suceder*. Esto último es aún más enigmático y enlaza con las obras de arte proféticas, como, por ejemplo, el *Políptico de san Vicente* que puede verse en el Museo de las Janelas Verdes, de Lisboa. Se atribuye a Nuno Gonçalves, y está compuesto por seis paneles que encierran el enigma del alma portuguesa. Es una obra inquietante, porque profetiza los descubrimientos y nos indica que lo pintó alguien que *sabía lo que iba a pasar*, es decir, los tiempos de gran esplendor que le esperaban a Portugal.

Todo el día ha quedado marcado por ese momento en el que por teléfono he nombrado *La Buenaventura* casi de un modo automático, como si la respuesta tuviera que darla una máquina conectada con todas las fuerzas del universo.

Y cuantas más veces, después de nombrarlo, he vuelto a ver el Romero de Torres elegido, más me he convencido de que éste haría un buen papel entre las obras que, deliberadamente o no, se niegan a ser siempre lo mismo y prefieren alzarse contra cualquier interpretación, conscientes, la mayoría de las veces, de que sería dar un paso en falso desvincularse de la complejidad del mundo, de esa cada vez más infinita maraña en la que se ha ido convirtiendo el mundo, como puede comprobarse, por cierto, con la desbordada longitud de la frase que aquí termino.

Mañana será otro día, otro día para este diario personal.

3

Vaya por delante que soy una activista de la Multiplicidad.

Ayer, tras dar el título del cuadro elegido, volví al amable combate que de vez en cuando se desarrolla dentro de mí: una discusión entre la Levedad y la Multiplicidad, dos de las famosas seis propuestas de Italo Calvino para la literatura de este milenio. En la Levedad se encuadraron, en una larga temporada, todas mis juveniles «teorías portátiles» y, en el otro extremo, en el de la Multiplicidad, están encajando últimamente las teorías derivadas de mi activismo en la materia.

Es un enfrentamiento amable, porque conviven perfectamente en mí las dos propuestas más atractivas de Calvino. En el sector de la Levedad se halla la ligera maleta de la juventud, esa etapa en la que siendo uno muy «portátil» se está cómodo en grupo, mientras que, en la Multiplicidad, coincidiendo con los años finales, uno logra sentirse «como en sí mismo al fin» (que decía Gil de Biedma hablando de Cernuda).

Como en mí mismo al fin. Así podría llamarse el tipo de activismo solitario que precisamente ayer, tras la interrupción del teléfono, volví a practicar y que, tratando de encontrar el hilo perdido y recordar qué estaba pensando cuando llamaron de Málaga, acabé acordándome de que estaba preguntándome qué sería *La Buenaventura* si fuera literatura.

¿Había podido contestarme a esto? No, pero la respuesta era que el cuadro de Romero habría podido formar parte de la propuesta de Multiplicidad y ensamblarse ahí con la obra de Carlo Emilio Gadda, maestro en representar el mundo como una gran Red. O, mejor dicho, maestro en representar el mundo como una maraña, como un ovillo, como un gran embrollo, como un lío monumental, o como un Odradek, el enrevesado carrete en forma de estrella plana cubierto de fragmentos de hilo que nos describió Kafka.

No en vano, Gadda fue el sumo pontífice de la Multiplicidad. Y la pregunta es: ¿puede que ese enrevesado carrete fuera la Multiplicidad misma, o bien lo opuesto, un simple ovillo, algo así como un mundo olvidado? De ser esto último, tendríamos que aceptar que ese Odradek o mundo perdido sería un objeto inútil e inofensivo, cargado de hilos sueltos, olvidado en una escalera cualquiera de un firmamento ignorado. Gadda fue implacable con el mundo y en sus libros lo representó sin atenuar en absoluto su inextricable complejidad o, mejor, sin aminorar la presencia simultánea de los elementos más heterogéneos que concurren a determinar cualquier cosa.

En mi caso particular y a tenor de lo que vengo escribiendo en este diario, diría que algunos de los elementos heterogéneos que me influyeron a la hora de elegir *La Buenaventura* fueron: la bondad y el genio no suficientemente hoy valorado del pintor cordobés, la ausencia de Nietzsche, un naipe atrapado en el curso del tiempo, mi activismo de lo Múltiple, el teléfono fijo, hilos sueltos desprendidos de un Odradek casero, el mundo como embrollo infinito, y una fugaz impresión de eternidad en la Tierra.

4

No sobró ayer haber pensado en Gadda, ya que encaja a la perfección con mi compleja idea de intentar transmitir la multiplicidad de interpretaciones que ofrece *La Buenaventura*, pintura más enredada de lo que a primera vista pueda parecer. Gadda se perdería en ella, o con ella, encontraría motivos infinitos para escribir una novela sin final posible, como le pasó a Musil, el Gadda austriaco, o a Lezama Lima, el Gadda cubano. Luego llegaron Perec y Bolaño, con novelas que tampoco acabaron, pero ya todo esto pertenece a la historia de la Multiplicidad que algún día alguien escribirá.

También el propio Julio Romero de Torres se perdería en el caso de que se le hiciera ver, por si no las sabía, las múltiples, inagotables interpretaciones que ofrece *La Buenaventura*. Me gusta imaginármelo observando su obra con el mismo ojo que se halla en el centro de su «estética sutil» y diciéndole, con modestia, a quien quisiera buscarle un sentido absoluto a su pintura, que él no había nunca ignorado que, cuando comentaba algo de lo que había pintado, estaba explicando lo más fácil cuando en realidad lo más interesante era aquello que no podía explicar, porque propiciaba precisamente que la obra acabara volviéndose obsesiva para algunos observadores de la misma. Y es que, desde siempre, fue imposible ser un buen artista y a la vez sentirse capaz de explicar de manera inteligente tu trabajo.

5

Este mediodía, aún con dolor de cabeza del viaje de anoche por lo invisible —modalidad inesperada de pesadilla que espero que no se habitúe a visitarme—, volvieron a llamar de Málaga, esta vez para ver si podía avanzarles el título de la charla. No esperaba que la petición llegara tan pronto, a los pocos días de haber elegido *La Buenaventura.*

He jugado a colocarme en la misma situación que vivió Orson Welles en la estación de trenes de Boston cuando por teléfono su productor, Harry Cohn, le conminó a darle el título de la película que pretendía rodar.

A Welles, que aún no tenía pensado nada y aún menos el título, le salvó la campana cuando dio con la portada de una novela de escasa categoría que exponían en un quiosco de revistas frente a la cabina telefónica. El título era *Si muero antes de despertar (If I Die Before I Wake)* y firmaba un tal Sherwood King. Hubo un breve silencio, que Welles rompió exigiéndole a Cohn que comprara enseguida los derechos. Y así fue como de una novela muy mediocre surgió *La dama de Shanghái*, para muchos un clásico del cine.

De pronto, identificándome súbitamente con Orson Welles en Boston, he roto mi silencio diciendo a ritmo de ametralladora diseñada para actos de multiplicidad:

—*La insistencia como una de las bellas artes.*

Sabía bien lo que decía, pero, una vez dicho, me ha entrado miedo de quedar prisionero del título a la hora de lanzarme a justificarlo. Un poco más tarde, sin embargo, he pensado que, siendo un activista de la Multiplicidad, me movería en un espacio tan amplio que no tenía por qué tener ningún problema. Además, he pensado, suponiendo que, si a medida que vaya escribiendo, veo que el título ha de cambiar siempre será posible hacerlo, es probable que baste apelar a la comprensión del público de la charla, y todo quede modificado sin más problema.

Cuando desde el otro lado de la línea telefónica me han aplaudido por ser tan veloz, he callado que, dos días antes, me había explicado Luisa Casas, cordobesa de Barcelona, que si había un concepto ineludible en la obra de Romero de Torres era el de *la repetición.* Y eso, dijo Luisa, quedaba bien explicado en el documentado análisis —me lo envió por correo electrónico— de Fuensanta García de la Torre sobre *La Buenaventura.*

6

¿La repetición? Por ahí, pensé enseguida, podía estar el nexo de unión que buscaba entre la pintura de Romero de Torres y mi literatura, en la que *la repetición* siempre jugó un papel destacado. La repetición, vista desde un lado positivo. Porque el lado sumamente atractivo de ésta supo verlo Kierkegaard cuando dijo que la repetición y el recuerdo eran el mismo movimiento, pero en sentidos opuestos, «ya que aquello que se recuerda se repite retrocediendo, mientras que la repetición propiamente dicha se recuerda avanzando. Por eso, la repetición, si es que ésta es posible, hace feliz al hombre, mientras que el recuerdo le hace desgraciado».

La primera repetición de *La Buenaventura*, le había leído a Fuensanta García de la Torre, se daba en el propio título, pues había, en efecto, otro lienzo conocido como *La Buenaventura*, de colección particular, pintado hacia 1922, dos años después del que aquí hoy nos ocupa. La temática de esa segunda *Buenaventura* era la misma que la del de 1920 —dos mujeres sentadas sobre el alféizar de una ventana y, al fondo, una vista de la ciudad de Córdoba, con la fuente de la Fonseca, el palacio del marqués de la Fuensanta del Valle y el Cristo de los Faroles—, pero en *La Buenaventura* la mujer que recibía la lectura de su futura maravillosa suerte aparecía desnuda y recostada. En cuanto a la composición, la similitud más evidente se encontraba con el retrato de Conchita Torres (Madrid, colección particular), realizado hacia 1919-1920. A Conchita, sentada también sobre un alféizar, le invertía el pintor la postura, con escasas variantes que se limitaban al atuendo y la mirada, convirtiéndola en una joven a la que acechaba un doloroso mal de amores. Faltaba la otra figura femenina, pero de nuevo se repetía el fondo arquitectónico y el paisaje, con la única ausencia del Cristo de los Faroles y la modificación de la escena de fondo, la escena secundaria. Y, por otra parte, la baraja de cartas, aun con muy distinto significado que en la primera *Buenaventura*, sería asimismo un elemento repetido en otras obras: *La Buenaventura* de 1922; *La*

Sibila de la Alpujarra (Córdoba, Museo Romero de Torres, 1911); *Humo y azar* (pintada en 1923 para decorar el estanco y administración de loterías de la madrileña calle de Alcalá); *La carta* (Madrid, colección particular); *Cabeza de vieja* (Córdoba, Museo Romero de Torres, 1928), y pudo tener la intención de incluirla en la inacabada *Mujeres sobre mantón*.

Me acuerdo de cómo, a medida que iba trasladando las informaciones de Fuensanta García de la Torre, iba pareciéndome que el encuadre de todas esas pinturas retrataba a dos mujeres que podrían ser una sola en la que convivirían dos manifestaciones distintas de su carácter, una sola mujer, una bella andaluza que estaría conjugando melancolía con el optimismo de toda posible buenaventura: por un lado, retrocediendo con su tristeza de nostalgia, pero por el otro avanzando con la alegría de la repetición, con la que siempre se avanza.

7

He vuelto esta tarde a pensar que los pintores de la Insistencia y de la Repetición suelen trabajar con unos contados elementos figurativos, siempre bien combinados en las diferentes obras, pero representando en cada una de ellas papeles distintos. Es el caso de Romero de Torres, que cuenta con una baraja deliberadamente restringida con la que, sin embargo, de un modo tan creativo como desbordante, reparte mucho juego. Porque alrededor de esa baraja mágica, bailan sus versiones distintas de *La Buenaventura* de 1920. Y creo que incluso se podría hablar de una «serie de las Buenaventuras», cada una narrando una historia muy parecida a la otra, pero distinta, y con un punto general enigmático, pero formando una unidad de conjunto.

Unidad de conjunto que guarda paralelismo con la unidad de mi obra literaria, ya que ésta en realidad viene a ser un solo libro, compuesto de los diferentes libros que he escrito y que, juntos todos, forman, como escribiera Felicidad Juste, un solo volumen: «una poética entendida como ejercicio de un discurso literario que, junto con las ideas teóricas que éste genera, crea, de hecho, una estructura conceptual compleja». Una estructura que la experiencia me dice que puede crear en los lectores más romos la impresión de que me repito sin ánimo, además, de utilizar la repetición como avance hacia delante. Y es lo contrario, me repito para poder avanzar. Por algo un día me alisté en la Cofradía de los Insistentes. Para proyectarme en el futuro, siempre con el lema «Cuando me salga bien, dejaré de hacerlo».

8

«Nacemos, y la insistencia ya está ahí», he recordado haber escrito una vez al inicio de una especie de tímido manifiesto en el que expuse mi visión del asesinato y de la repetición como dos de las bellas artes.

Nacemos, y la insistencia ya está ahí. Y esto es algo que, por ejemplo, el cine constató desde el momento mismo en que fue inventado: a los Lumière no les convenció su primera versión de *Salida de los obreros de la fábrica* y, conscientes de que en aquel nuevo arte repetir y repetir iba a ser ineludible, rodaron dos veces más la misma secuencia, perfeccionándola.

No nos faltan carcamales que censuran que se insista en un tema. Lo hicieron en su momento con Romero de Torres. Y se intuye que ya pronto criticarán que alguien se demore en la lectura del párrafo de un libro, o que repita una gran cantidad de veces el dibujo de una montaña.

Y aun así la insistencia sobrevive.

No hace mucho, la encontré en la asombrosa secuencia inicial de unos quince minutos de *El hombre de Londres*, el film de Béla Tarr, basado en una novela de Simenon. El cineasta húngaro hizo que me sintiera de pronto en la misma atalaya portuaria en la que él había situado el ojo de la cámara y el ojo también de su protagonista: un vigía, un observador, insistente como ninguno, registrador de todo lo que podía abarcar su vista desde lo alto de su torre de vigilancia. Y lo que abarcaba era múltiple, lo que hacía que incluso presenciara un crimen. Un asesinato. Un golpe, y un hombre caía al agua, muerto. La cámara seguía fija, con insistencia húngara: el ritmo moroso de la secuencia no cambiaba por el ruido del bulto caído al agua. Y todo seguía transcurriendo en la noche, en la noche donde todo seguía como antes, tampoco el plano secuencia variaba: personaje gris con panorámica de atalaya, niebla, humo, «instantes Simenon», tensión portuaria. Y, de fondo, la incalculable fuerza de una pasión por insistir en aquello que uno busca.

9

Al despertarme, pensé en una hipotética *Historia de las obstinaciones* en la que tendrían un lugar destacado las reiteradas veces en las que Romero de Torres cambió de contexto a un naipe, al Cristo de los Faroles, a un crepúsculo, a la fuente más célebre de Córdoba, a dos figuras femeninas que a veces crean la impresión de ser las dos máscaras principales de una misma, de una única persona.

También tendrían lugar destacado en la hipotética *Historia* las reiteradas veces en las que, a lo largo de los siglos, insistió la humanidad en preguntarse cuántas cosas se podían pintar. Con la modernidad, la pregunta ha pasado a ser a la inversa: ¿hay algo que no pueda pintarse? A Romero de Torres, aspirante a la Multiplicidad, le sospecho capaz de pintarlo todo y capaz, además, de encubrir esa tendencia practicando una poética de reducción de las figuraciones, quedándose únicamente con las imprescindibles dos mujeres morenas, dos máscaras, tal vez los dos ángulos de una sola mujer, que estaría buscando sentirse por fin sola, única, «como en sí misma al fin».

10

En la feria de la Insistencia y la Repetición, el dueño y señor es Cézanne, que llevó la obstinación, la insistencia, a remotos paisajes mentales. Pintó ochenta veces la montaña de Sainte-Victoire. Fue el más testarudo de los pintores obstinados.

Recuerdo que, a finales del siglo pasado, había ya mucha gente a la que le resultaba un verdadero misterio cómo habría nacido esa reiterada pintura de Cézanne. Estaba Wim Wenders, por ejemplo, que se respondía a sí mismo, como si reflexionara en voz alta: «Con un lápiz y acuarelas y sobre el papel, por supuesto, pero eso no responde al interrogante de *cómo* era la mirada de aquel hombre, la mirada de Cézanne».

Y justamente «cómo era la mirada» de Julio Romero cuando pintaba *La Buenaventura* es lo que me he estado preguntando todos los días que han precedido a éste en el que me he presentado ante ustedes para leerles los fragmentos de mi diario que hablan de los antecedentes de la charla.

¿Cómo era la mirada de Romero de Torres cuando pintaba las diferentes versiones de *La Buenaventura*? No sería extraño que parecida a la de Cézanne y sus ochenta montañas: una mirada emocional y analítica a la vez. El pintor ve (y nos enseña) algo que lo conmueve profundamente, pero al mismo tiempo lo disecciona.

Pero ¿cómo pueden combinarse estos dos elementos? Viendo *La Buenaventura*, donde también ambos elementos —inteligencia emocional y analítica— se fusionan, creo que puedo responder a esa pregunta: está pintada con ánimo de diseccionar el mundo y hacerlo al mismo tiempo cargado de emoción y vida, con tanto cariño, deseo, precisión, ternura y tanta fascinación, que es algo que solo puede abarcar un amante, alguien que ama con toda su alma la multiplicidad y belleza radical de una escena que describe y analiza, a través de la luz, la verdadera magnitud del Sur.

11

YA ANTE EL PÚBLICO.

Como en mí mismo al fin, ya ante el público y en la ficción del momento aquí va un guiño a Valle-Inclán: «La pintura de Romero de Torres deja entrever, en la ficción del momento, el gesto en el que todas las cosas se inmovilizan como en un éxtasis». No se me escapa que, de cambiar la comodidad de escribir en tu gabinete por el riesgo de una aparición en público, hay que salir convencido de que lo mejor que puedes hacer es leer lo que has escrito en el gabinete y saber que seguirás escribiendo de una forma cada vez lo más libre posible. De esto último la cantante Janis Joplin sabía mucho. Una vez, en aquella televisión tan rígida de los años sesenta, el locutor de la América más profunda quiso saber si era verdad que ella había dicho que, con su música, el público experimentaba una especie de viaje raro *(weird trip)*.

El público de aquel plató se desternilló con aquella pregunta, probablemente porque les sonó a marciano aquello de *weird trip*.

—Pues sí —respondió Janis—, es probable que haya como una barrera entre el público y yo, pero, cuando veo que bailan, me doy cuenta de que lo hacen conmigo. Les das, y ellos reciben, aunque a veces les cueste, de modo que, a partir de ese momento, puedes cantar de forma cada vez más libre.

De eso se trata: de recurrir a inéditas maniobras para, de algún modo, sentir que uno escribe de forma cada vez más libre y que semejante novedad, por descabellada que pueda parecer, consiga llevarme a ver en *La Buenaventu-*

ra, si insisto en ella, perspectivas que tal vez ni presentí cuando comencé a acercarme al cuadro.

De hecho, poco antes de entrar en este patio, al mirar —con la insistencia propia de un activista de la Multiplicidad— *la fuente de la Fonseca* que aparece en segundo plano en el cuadro de Romero de Torres, me ha parecido que en ella estaba el centro mismo de la escena dramática propuesta por el autor: la fuente como energía imparable, como productora de la sucesión de cambios incesantes que estaban teniendo lugar, en aquellos días, en la historia de la pintura. Porque en 1920, cuando Julio Romero creó *La Buenaventura*, el cubismo, considerado como la ruptura definitiva con la pintura tradicional, había ya muerto, pero al mismo tiempo estaba dando paso al resto de las vanguardias europeas del siglo pasado.

La Buenaventura no es una pintura clásica y tampoco moderna, es una mezcla de las dos, como si su afán secreto hubiera sido congeniar la vanguardia con lo clásico. Junto al difícil desciframiento completo de la escena representada por Julio Romero (que se abre a la complejidad e infinitud del mundo), percibimos de fondo el empeño del pintor en un método de conocimiento, una búsqueda inédita de una posible red total de conexiones entre los hechos, entre las personas, entre las cosas del mundo. Una propuesta, la de Julio Romero, dominada por una cierta *ansiedad crítica* que potenciaba la asociación entre tradición y «ruptura» contemporánea, una propuesta siempre a la sombra difícil de la busca de ideas antiguas que parezcan nuevas.

Romero de Torres pintaba a caballo entre el pasado y el futuro, a caballo entre el arte clásico y el moderno que estaba por venir, dos artes que podían llegar a parecer irreconciliables salvo si, como hacía Julio Romero, eran creados lúcidamente en un presente fugaz en el que ya empezaban a confundirse las dos posibles vidas del arte de la pintura.

El maestro cordobés pintaba con el ritmo del presente, del instante vivido, con nuestro *ritmo de ahora mismo*. Lo que pasa, decía Borges, es que todas las cosas le suceden a uno precisamente, precisamente ahora: «Siglos de siglos, y solo en el presente ocurren los hechos; innumerables hombres en el aire, en la tierra y el mar, y todo lo que realmente pasa me pasa a mí».

UNA NOVELA OBLICUA

1

De los museos —que tantas veces atravieso corriendo como en *Bande à part*, de Godard— lo que más me interesó siempre fueron los retratos pintados. Hay en ellos una escenificación mínima, muy codificada, en la que al pintor le queda muy poco margen, y aun así, si hay un gran artista al otro lado, una y otra vez consigue que se produzca en el cuadro ese gran milagro de la *presencia real*. Es, sin ir más lejos, lo que sucede, por ejemplo, con los espectrales retratos de Manet.

A veces, esa *presencia real* no se asoma al mundo desde una pintura, ni desde la vida corriente, y nos encontramos entonces con «apariciones fantasmales», de las que sabe mucho Dominique Gonzalez-Foerster, que en las dos últimas décadas ha trabajado con pasión en ellas, encarnándolas en los más diversos escenarios. DG-F (Dominique Gonzalez-Foerster) ha sido Fitzcarraldo, Lola Montez, Edgar Allan Poe, Marlene Dietrich, Franz Kafka... No descarto que su gusto por esas «súbitas» apariciones provenga de la instalación que en 2001 tituló *Petite*. En esa obra, una niña, en un cuarto acristalado, veía cómo aparecía y desaparecía en la pared una figura que invadía y transformaba el espacio. DG-F cuenta que, cuando tenía la edad de la niña de *Petite*, pasaba mucho tiempo entre el espacio construido y el espacio pensado o imaginado. Le pregunté hace poco cómo veía *Petite* ahora y me dijo que en la actualidad esa obra no tenía únicamente el significado de un regreso a aquel estado infantil, sino que era también la rememoración de aquella pionera primera «aparición» suya, que había tenido lugar en Yokohama, en Japón, en un país con tantos fantasmas y tantos espacios cerrados, todos siempre muy inspiradores.

2

«Y, claro, ese sobrecogimiento, ese efecto de una *presencia* humana brutal mezclada con el colmo del arte que me aporta el retrato pintado, he querido utilizarlo en literatura. Querría evocar hombres con ese efecto casi alucinatorio que es la fuerza de los grandes retratos. Lo que busco es un arte de la evocación, un arte de la aparición. Al igual que lo que intenta un pintor, lo que quiero conseguir que aparezca es una imagen, una imagen de mujer o de hombre. Un arte de la aparición. No hay nada más sencillo; pero qué difícil me parece llegar a poder decir como Da Vinci dijo un día: "Señores, hice una imagen de mujer realmente maravillosa".»

Pierre Michon*

3

La autenticidad procede de ser fiel a una sola cosa: la ambigüedad de la experiencia. La extrema fidelidad que muestra Gerhard Richter a la ambigüedad de la experiencia es la que convierte *I.G.*, su retrato pintado, en una obra maestra. No me resulta fácil ver ese cuadro de otra forma. Y tanto es así que creo que si se diera un día la circunstancia de que alguien quisiera reconstruir en su memoria la exposición *Cabinet d'amateur*, haría bien en situar donde le viniera en gana las seis obras que a principios de 2019 reuní para los cien metros cuadrados de la Whitechapel, siempre y cuando el punto de partida del recorrido del visitante, la puerta de entrada al *Cabinet*, fuera el óleo de Richter, una especie de gran reverso del retrato de una mujer.

De hecho, *I.G.* ya fue en todo momento, en los meses en que en Londres se pudo ver el *Cabinet d'amateur*, el secreto eje de pivote *(king pin)* alrededor del cual orbitó toda la exposición, compuesta por obras que, en los dominios internos de mis particulares asociaciones, estaban todas conectadas con mi *biografía literaria*.

* *Pierre Michon. Llega el rey cuando quiere*. Trad. de María Teresa Gallego Urrutia. Editorial Wunderkammer, Terrades, Girona, 2018.

Porque lo que mostraba mi *Cabinet d'amateur* era el esqueleto de esa *biografía literaria.* A través de una trama desgarrada, las seis obras allí reunidas explicaban oblicuamente mi trayectoria literaria. Y era como si toda la historia de mi estilo pudiera ser contada sin tener que hacer el esfuerzo de ir más allá de aquellas seis obras allí expuestas. Quizás la exposición estaba anunciando un tipo de novelas que en el futuro serán construidas con una superposición de distintos estilos diferentes, tal como —para entendernos— hizo Rem Koolhaas al construir la biblioteca de Seattle, donde hizo una gran parodia arquitectónica de la caótica construcción de Manhattan.

Presenté pues el esqueleto de una novela que, con el tiempo, pudiera intentar alinearse con las mejores novelas innovadoras. Y lo presenté en forma de exposición: una especie de brevísima poética cifrada de mi obra, donde la forma era el contenido, y el contenido era la forma (tal como ocurre en *Finnegans Wake* y ocurrirá, sospecho, en algunas novelas oblicuas del futuro).

El fugaz *Cabinet* —en el que participaron presencias reales, así como el negativo de ciertas imágenes, apariciones fantasmales y mucha intertextualidad— fue, además, un homenaje minimalista a Georges Perec en los cuarenta años de la publicación en 1979 de su libro *Un cabinet d'amateur.**

* Georges Perec, *El gabinete de un aficionado. Historia de un cuadro*, Editorial Anagrama, Barcelona, 1989.

4

Alguien dijo que la historia de mi estilo, mi *biographia literaria* (por escribirlo al modo de Coleridge), es como la naturaleza de mi obra: una rampa vertiginosa desde la que, mientras pensamos la literatura, a ésta la vemos pasar a nuestro alrededor. Nunca supe qué quiso decir exactamente quien dijo esto, pero logró que yo creyera ver que allí, en aquel *Cabinet* expuesto en la Whitechapel, se escenificaba la enigmática idea de esa rampa y que la puerta de acceso a la misma, el óleo en tela de Richter, actuaba secretamente como eje de pivote repartiendo el juego a diestra y siniestra, permitiendo así que desfilara la literatura, una disciplina a la que le habría faltado aire sin la existencia de aquel eje, de aquel gran óleo, en definitiva.

5

Por algo *I.G.* ejerció de puerta de entrada. En el óleo el autor nos invita a una reflexión sobre la naturaleza del arte de la pintura, algo que parece emparentado con las obsesiones y temas sobre los que gira mi propia escritura, que es en realidad, básicamente, un conjunto de reflexiones sobre el hecho literario.

Recuerdo la primera vez que vi ese retrato de Richter. Lo primero que pensé fue que deberíamos disponer de todo el tiempo del mundo para poder dedicarnos a investigar los oscuros motivos por los que una imagen —pongamos que una mirada junto a un lago, o una mujer que nos da la espalda— no pudo borrarse ya nunca más de nuestra memoria. ¿Por qué permaneció ahí, envuelta en misterio, formulándonos tantas preguntas? ¿De dónde procedía y por qué por un momento creímos que nos recordaba algo olvidado? Todo indica que hay, detrás de esas imágenes que tanto nos golpean, un hilo secreto que las relaciona con el pasado.

Todo esto fue lo primero que pensé cuando vi el cuadro, como si hubiera intuido que no olvidaría nunca ese óleo.

Después, miré con más atención el cuadro. Y vi el mundo. O, mejor dicho, vi ese fondo negro, el negativo o el reverso de la fotografía general del mundo.

Finalmente, el hecho de que la retratada estuviera de espaldas me hizo asociar su posición con una imagen de mi pasado, una imagen ligada a una sesión de jazz a la que asistí en mi adolescencia. Creo que se combinó de pronto ahí el recuerdo dormido de mi pasión por el negativo de las imágenes —mi pasión por trabajar en el lento desciframiento de lo que no se ve, el desciframiento del reverso de todo— con esa turbadora figura que me daba la espalda y que debió de rebotar en el fondo de mi inconsciente remitiéndome a los orígenes de mi poética, es decir, a *La asesina ilustrada*, libro escrito tan de espaldas al lector que hasta buscaba acabar con él. Porque yo quise asesinar a todos los posibles lectores de mi primer libro.

6

Muchos años después, encontraría resumida la tarea que, sin ser plenamente consciente entonces, había emprendido con ese breve primer texto de fondo criminal. La encontraría en el aforismo que escribió Kafka en Zürau y que poco a poco he ido viendo que ha sido esencial en todo lo que he escrito; de hecho, es el punto clave de mi *biographia literaria*:

«Hacer lo negativo aún nos será impuesto, lo positivo ya nos ha sido dado».

7

Y también muchos años después yo respondería a un amigo que me preguntaba por mi tendencia a construir reversos de la realidad en mi obra diciéndole, si no recuerdo mal, que ya desde *La asesina ilustrada* y de forma también muy acusada en *Suicidios ejemplares*, en *Hijos sin hijos* y *Bartleby y compañía*, por citar sólo algunos de los libros de mi primera etapa, busqué el revés (*À rebours*, que decía Huysmans), el negativo de lo que la claridad nos había dado, de lo que la historia de la literatura, con raras excepciones, había venido ofreciéndonos.

8

Precisamente porque ya nos ha sido dada, y también porque ya lo hemos vivido y visto en exceso y ya no da para más, el revelado de la fotografía del mundo ya lo conocemos de memoria. Buscar los intrincados caminos del negativo de esa imagen ha de ser nuestra tarea. Tarea que parece excitante, porque no es terreno precisamente muy hollado y podría ocultar —ni lo pongo en duda— las únicas sorpresas posibles, aquellas que ya sabemos que jamás vamos a hallar en el positivo, que está absolutamente gastado.

Hacer lo negativo me ha venido pareciendo además en los últimos tiempos una tarea urgente, quizás porque corre serio peligro de desaparecer, como la literatura, como el cine.

Lo vio Jean-Luc Godard, buen conocedor del aforismo de Zürau, sobre el que dijo: «No hay que olvidar que las imágenes del cine proceden de negativos y que hoy en día, con los vídeos y la informática, el negativo ya no existe; no tenemos más que el positivo. Pero el positivo lo tenemos ya al nacer. Si nos quedamos sin contradicciones, ¿qué haremos para avanzar?».

9

Quizás cuando se habla de trabajar el negativo se trata, fundamentalmente, de excavar zanjas, de llevar a cabo arduos trabajos e investigaciones en territorios oscuros y subterráneos, vedados muchas veces a la vista de la mayoría, como afirmaba Kafka en una carta a Brod refiriéndose a «los grandes temas y otras zarandajas» que Brod le recomendaba tan toscamente que emprendiera: «¿Qué estoy construyendo? Quiero excavar un subterráneo. Es preciso que se produzca algún progreso. Mi puesto es demasiado alto allá arriba (...) Estamos excavando en el foso de Babel».

10

De algún modo el *Cabinet d'amateur*, con su empeño en ser el esqueleto de una versión oblicua de mi *biografía literaria*, reflejó bastante bien mi inclinación como escritor por la meditación, por la indagación, por el revés del fotograma realista; mi tendencia a una tarea de tinieblas que exige salir siempre en busca de la emoción no visible, sino de la emoción emboscada; mi inclinación por ir construyendo «el arte del negativo», por una investigación osada de los reversos.

No hace mucho, mi amiga Liz Themerson me contó que en el hospital, cuando la incertidumbre era máxima y no sabía si moriría o sobreviviría, no era miedo lo que sentía, sino un inmenso vacío. No dormía de noche y esperaba con ansiedad la llegada de la mañana. Como si la mañana fuera a salvarla. Se pasaba las noches mirando por la ventana, esperando las primeras luces. Esa experiencia de Themerson de vacío y de espera de las primeras luces, experiencia que yo también he conocido, es un tipo de emoción que surge cuando el realismo se desfonda y aparece en su lugar el núcleo duro de lo esencial, la nebulosa del ser verdadero, la bruma de la identidad profunda que es siempre extraña y extranjera y de la que habló Raymond Queneau para, con su habitual maestría, calificar a esa bruma de niebla sin sentido: «Esta bruma insensata en la que se agitan sombras, ¿cómo podría esclarecerla?».

Y yo creo que en esa experiencia de vacío de Themerson está también la sensación de no haber dado lo mejor de nosotros a nadie, ni haber sabido vivir intensamente.

Seguramente Liz Themerson esperaba la llegada de la mañana confiando que ésta le ayudaría a cortar amarras con el vacío y le permitiría trazar pasadizos, tal vez incluso buscar atajos hacia el núcleo incomunicable, es decir, iniciarse en la senda de aquello a lo que cada persona le da un nombre distinto y que yo llamo a veces «el arte de construir el negativo».

Es un arte que seguramente nació a principios del siglo pasado con la carta ficticia en la que Hofmannsthal —en realidad para poder seguir escribiendo— renunciaba a la escritura. Fue una despedida falsa y al mismo tiempo con un fondo en realidad muy verdadero —como una imagen con su positivo y su negativo— que precedió a casos como el de diversos poetas europeos que percibieron pronto que la materia verbal no podía llegar a ser nunca plenamente transparente y, conscientes de esto, se fraccionaron ellos mismos en una serie de personajes heterónimos: toda una estrategia para poder adaptarse a la imposibilidad de afirmarse como sujetos unitarios, compactos y perfectamente perfilados. Era la misma imposibilidad que, discurriendo acerca de los diferentes estados cotidianos de su humor, ya había apuntado el propio Montaigne en sus ensayos. En realidad, es la misma que nos permite hoy precisamente tener confianza en lo que narramos, aunque ninguna acerca de nuestro lugar en el mundo.

11

«Hacer lo negativo» —consigna que desde el primer momento vi en el fondo de *I.G.*— fue la tarea que puse en movimiento con mano criminal en *La asesina ilustrada*, donde la figura del escritor que daba la espalda al público y se hundía en un fondo moral oscuro provenía de la impresión que había causado en mí, en plenos años sesenta, el fugaz paso del trompetista Miles Davis por mi ciudad. Le vi actuar —tendría yo unos dieciséis años— en el Palau de la Música Catalana, entonces templo provinciano del jazz. Hasta donde alcanza mi recuerdo, su actuación armó un gran escándalo. Y si lo recuerdo con gran precisión como si fuera ahora, es porque nunca hasta aquel día había oído gritar y protestar de aquella manera. Aquel músico negro —sentenció la gran mayoría de los aficionados de Barcelona al jazz, todos aficionados muy ortodoxos en aquellos días franquistas— le había dado la espalda al público y tocaba como si quisiera esconderse.

En aquellos tiempos preferí pensar que en realidad Miles Davis no había dado la espalda a los espectadores y simplemente se había girado para poder quedarse a solas consigo mismo y así tocar mejor, más libre; había seguramente Davis descubierto la extraordinaria calidad de sonido que se daba en aquella sala e intuido que, tocando hacia el fondo y lo más hondo del escenario —por no decir, con la mirada puesta debajo del escenario (esto lo digo por otro músico irreverente, el gran Thelonious Monk, que a veces dormía debajo mismo de su piano)—, podría concentrarse mejor en su música; después de todo, los verdaderos artistas buscan siempre la gloria solitaria.

El hecho es que aquel gesto de supuesto desdén hacia el público tradicional, al que se añadió, por mi parte, el recuerdo del escandaloso griterío de los franquistas y mi afán, en aquel momento inconsciente, de cavar zanjas y realizar trabajos e investigaciones en territorios más oscuros y subterráneos que las tumbas donde yacían mis amigos (que diría Malcolm Lowry) y más oscuros incluso que los negativos de las fotos que captaron todo lo que había debajo del piano de Monk, dejó en mí un recuerdo inolvidable.

Aquella sesión de jazz influyó de un modo decisivo para que, llegada la hora, me iniciara en la literatura dando la espalda a los lectores y abriendo las primeras zanjas de un negativo del positivo del mundo que la obra literaria iba a la larga a tener el elegante detalle de tratar de colaborar a construir.

12

En el imaginario de aquella actuación de Miles Davis a la que asistí, siempre destacó la presencia de una mujer con una traje negro que dejaba su espalda al descubierto; una mujer que poderosamente lo miraba todo desde la platea del Palau de la Música, todo desde abajo, con un elegante ojo de cristal y un aire inolvidable a quieto misterio que me hacía temblar sólo de pensar que tal vez no habría otra ocasión más que aquel día, bajo aquella inmemorial luz, para acercarse a verla.

Aquella mujer acabaría reapareciendo en mis libros en forma de personaje, apareció como Delia Dumarchey, la esposa de Forest-Meyer, el equilibrista de *Exploradores del abismo*. Y emprendió un largo camino para poder conseguir que, al acercarme un día a *I.G.* —el óleo al que tantas veces yo volvía—, se me apareciera ella allí mismo en el cuadro, como una *presencia real* situada ante aquel negro profundo, sólo pintura.

«Delia, un quieto misterio», terminé escribiendo aquel día.

13

Alguien dijo una vez que el jazz había empezado siendo una enigmática emanación de fuego azul en la ciudad de Nueva Orleans. Y parece que Miles Davis nunca olvidó su primera memoria del terror y recordaba siempre el espanto y a la vez hechizo que le produjo una llamarada azul brotando de un fogón de gas que alguien encendió en la casa de sus padres, en East St. Louis, Illinois. Davis tenía cuatro años cuando sintió el sobresalto de lo súbito de aquel fenómeno, de aquella exhalación que brotó de la cocina: «Creo que tan súbita experiencia me condujo a algún sitio de mi mente donde nunca antes había estado. A alguna frontera, tal vez al filo de las cosas posibles. Aquel pánico fue casi como una invitación, un desafío a entrar en un mundo del que no sabía nada y en realidad el reverso de lo que había conocido hasta entonces».

Desde su irrupción misma, el jazz fue siempre eso, un desafío. Esa exhalación súbita, esa música híbrida a la que Georges Perec llamaba «la cosa», fue ya desde sus comienzos un reto, la aventura de entrar en el mundo de las incesantes búsquedas de los más artísticos estilos personales: un universo de continuas búsquedas individuales en la frontera que colinda con el filo de las cosas posibles. A fin de cuentas, el jazz verdadero siempre ha sido una música que básicamente ha representado innovación, una llama azul. Mejor no lo pudo expresar Bill Evans: «Cuando Charlie Parker, Miles Davis y Fats Navarro tocaban *bebop* eran considerados bichos raros, y ahora es la música que todo el mundo toca. Para mí, jazz significa que tienes que ser original y tomar riesgos; de otro modo la música no crece, y si no crece, se muere».

14

Acerca de crecer o no crecer (partiendo de la base de que ese «hacer lo negativo» kafkiano lo he entendido siempre como un desafío a atreverse a entrar en la realidad del reverso del mundo, algo nada fácil precisamente porque no hay una herencia mínimamente generosa de esa investigación en el negativo general), es posible que valga la pena escuchar lo que dijo Charlie Parker: «Sí, esa noche improvisé durante mucho tiempo sobre *Cherokee*. Mientras lo hacía, me di cuenta de que, al utilizar los intervalos superiores de las armonías como línea melódica colocando debajo armonías nuevas más o menos afines, podía tocar aquello que por tanto tiempo *había oído dentro de mí*. Crecí. Me llené de vida».

15

En mi memoria, la música del *Cabinet d'amateur* era, por una parte, la que sigilosamente había oído durante mucho tiempo dentro de mí —la música del reverso, la que surgió poco después de escuchar y ver a Miles Davis aquel día, la música de fondo de mi futura novela— y, por otra, la que sabía que habíamos enviado al espacio en los *Voyager I* y *II* y que, si no fallaban mis cálculos, debía de encontrarse ya más allá de los límites del sistema solar.

En uno de los artefactos lanzados fuera de la Tierra, había una grabación de Glenn Gould interpretando un breve preludio de Bach. Y alguien había incluido allí un texto que resumía muy bien lo que creemos ser:

«Somos seres inteligentes, versados en matemáticas y capaces de organizar una secuencia coherente de sonidos en el tiempo, para crear una composición unificada, llamada música, una forma de arte cuya verdad, oficio, originalidad, y otras indecibles propiedades, proporcionan una cualidad de placer trascendente, llamada belleza, a la mente y los sentidos de quien escucha».

Junto a la grabación de Gould y ese mensaje, yo me divertía a veces, mientras paseaba por el *Cabinet d'amateur*, imaginando que con ellos viajaba —habiendo adoptado todas las formas de una *presencia real*— Delia Dumarchey, a la que sólo era capaz de ver de espaldas, eternamente de espaldas, situada frente a un cielo negro, pero quizás sólo frente a una calculada abstracción que sugería que el alma del cuadro no era exactamente contemporánea. Y ni falta que le hacía. Siempre he pensado que la gran literatura, por ejemplo, como pasa con la gran pintura, está en realidad en otra parte, porque habla del mundo que le es contemporáneo sin hablar de él. ¿O no es la contemporaneidad una forma de adherirse a nuestro propio tiempo, pero, a la vez, tomar distancia del mismo?

16

Ya dijo Giorgio Agamben que aquellos que coincidían completamente con su época y concordaban en cualquier punto con ella no eran contemporáneos, pues, justamente por ello, no lograban verla, no podían mantener fija la mirada sobre ella.

17

Todo el *Cabinet d'amateur*, al estar conectado con mi *biografía literaria*, se relacionaba con los dominios internos de mis particulares paranoias —unos dominios que tenían nombres como Walser, Beckett, Blanchot, Duras, Lispector, Borges, Harry Mathews y otros escritores del modernismo europeo del siglo pasado—, unos autores a los que yo admiraba porque habían sabido vincularse con su propio tiempo tomando siempre una prudente distancia hacia todo, incluido su propio tiempo.

Unos autores que en mayor o menor grado han venido desde hace años ejerciendo de guías en mi camino, entre otras cosas porque he admirado en ellos que no se olvidaran nunca de que precisamente la escritura siempre fue uno de los únicos lugares donde uno ha podido en todo momento permitirse no ser exactamente contemporáneo, y si acaso serlo [contemporáneo] sólo estrictamente del hombre.

Los Walser, Duras, Lispector han sido escritores muy ligados a mi biografía literaria y de algún modo presencias reales en el *Cabinet*. Robert Walser, por ejemplo, estuvo ahí a través de Dora García, cuyas obras están tan íntimamente ligadas a la literatura que a veces, como dijera Antonio Pomet, «parece más bien una escritora mostrando las costuras de su *work in progress*».

Gracias a Dora pude acceder, a través de un libro sobre su exposición «Continuarración. Sobre sueños y crímenes»,* a algo que buscaba desde hacía años: conocer con precisión la definición de arte que había dejado caer Samuel Beckett hablando de *Finnegans Wake*: «En ese libro la forma es el contenido, y el contenido es la forma. Puede usted quejarse de que este material no está escrito en inglés. Pero es que no está escrito después de todo. No está escrito para ser leído, o no sólo para ser leído. Se ha creado para ser mirado y escuchado. Su escritura no es *acerca de algo, es algo en sí mismo*. Cuando el sentido es dormir, las palabras se van a dormir. Cuando el sentido es bailar, las palabras bailan. El lenguaje está borracho, las palabras se tambalean».

Y gracias a Dora, en un encuentro público en Barcelona, descubrí la existencia de un maravilloso micrograma que Robert Walser escribió en 1926, titulado «La sopa caliente» *(Der heisse Brei)*. Ese breve relato —que, como todos los de Walser, tenía una extensión que coincidía

* Dora García, «Continuarración. Sobre sueños y crímenes», Centro José Guerrero, Granada, 2013.

casi al milímetro con el tamaño de la hoja que había encontrado aquel día para escribir— aludía a esa costumbre que tenemos, ante una sopa demasiado caliente, de comenzar a cargar la cuchara por el borde de la masa líquida, y así, sucesivamente, toda la sopa va convirtiéndose en borde hasta que logramos comernos el centro, previa conversión del centro en borde.

Walser parece estar preguntándose ahí, en «Der heisse Brei», si no será que, al igual que nos ocurre con la sopa caliente, escribir consiste en realidad en dar vueltas a aquello de lo que realmente queremos hablar. Walser parecía preguntarse eso y al mismo tiempo observar que uno, cuando escribía, no hacía sino postergar ese algo tan importante que quería mostrar.

En ese micrograma, Walser destruía la imagen del escritor «importante». Era muy divertido, porque en el cuento él recibía en su casa la visita de uno de esos escritores importantes y se dedicaba a mostrarle su vivienda, especialmente la habitación central, que él llamaba «la habitación auténtica» (*eigentliche*). Se la mostraba, pero ninguno de los dos escritores entraba en ese cuarto, por hallarse éste dentro de otra habitación, una cámara bella y acogedora: «¿Era él [el escritor importante que me visitaba] como ese plato de sopa que rodeo para no quemarme, o lo era yo para él? ¿Era el escritor importante el que debía decirme algo a tener en cuenta, o era yo quien tenía que decírselo a él?».

En ese momento del cuento, Walser despertaba. ¿Cuál de los dos escritores era el que tenía que temer que el otro le quemara? Por ahí, por el hueco que abría esa pregunta podía deslizarse algún explorador del abismo que, como aquel investigador y aventurero de una novela de Jules Verne, hallaba en el cráter de un volcán el boquete que permitía el enrevesado descenso al negativo de la Tierra, en realidad al núcleo central del oculto eje de la Tierra y de todas las pasiones, así como del reverso de esas pasiones.

18

«Estoy escribiendo porque no sé qué hacer de mí. No, mejor dicho: porque no sé qué hacer de mí, si no busco el negativo de la foto de mi vida.»

Clarice Lispector

19

Todo tu *Cabinet* es una expedición al eje oculto del Mundo, recuerdo que me dijo una amiga queriendo sorprenderme, y lográndolo bastante. La amiga, con todo el peso de su presencia real, se presentó en la Whitechapel a principios de febrero de 2019, sólo para decirme aquello. Le preguntamos de dónde venía. La enviaba Delia Dumarchey, se limitó a decir. Y luego se colocó al lado mismo de *Milonga*, la fotografía de 1980 de Carlos Pazos: un retrato de perfil de este gran artista, apoyado en la barra del legendario salón de baile Cibeles, de Barcelona; un retrato que en realidad es una ficción sobre la supuesta crisis por la que estaba atravesando el artista al cumplir treinta años.

Era bien curioso: su actitud de derrotado por la melancolía era exactamente la figura que yo había estado buscando componer durante ¡dos décadas! —se dice pronto— en Barcelona, cada vez que me apoyaba en la barra de uno de los tantos bares nocturnos de la ciudad. Era así, tal como se deja ver Pazos en su fotografía-ficción, cómo quería yo que me vieran, supongo que para que me creyeran un artista romántico vencido a temprana edad, aunque no tan temprana si se comparaba con la extrema juventud del imbatible Rimbaud.

Lo veo muy raro hoy en día que pusiera tanto empeño en ser visto de aquella forma tan heroica pero al mismo tiempo desesperada. Y pienso que la explicación está en la nostalgia de una épica en la que vivió envuelta la élite de mi generación. La élite, he dicho, pero sin mala conciencia, más bien pensando en la frase que en una pared del Centro José Guerrero escribió Dora García en octubre de 2013 en «Continuarración»: «El arte es para todos pero sólo una élite lo sabe».

Por lo que fuera, siempre adoré esa idea de fin de fiesta que hay en la imagen de derrota de Pazos, uno de los —y son muchos— grandes artistas barceloneses de mi generación que fueron del todo incomprendidos por una sociedad, la catalana, muy encerrada en sí misma.

Siempre adoré aquella imagen de fin de fiesta —en una sala, casualmente a sólo cuatro pasos de la casa de toda mi infancia; la casa de mis padres en el paseo de San Juan—, una imagen que señala hoy en día, pasado el tiempo, el malhumor del artista cuando tropieza con él mismo y con sus propios inventos, el gusto por fracasar sabiendo que es el mayor triunfo de todos. Es una imagen memorable, especialmente por la melancolía brutal —que lo dice todo— de este artista de mi generación que, como Bartleby, el personaje de Melville, y como yo mismo, siempre buscó el revés de su arte y siempre prefirió en realidad *no hacerlo*, aunque no por eso lleva muchos años ya intentando hacerlo todo.*

20

La lección respiratoria, con su aguda reflexión sobre el reverso, podría ser un episodio de *Jakob von Gunten*, de Robert Walser. Lo que en ella Dora García parece plantear es que si es posible un entrenamiento de la respiración (como de la locomoción o del intelecto), debe

* Escribe Martí Peran sobre Carlos Pazos: «La obra de este artista es un derivado de Duchamp y el neodadaísmo y que apunta hacia Warhol, Rauschenberg y el *nouveau réalisme* francés. La temprana fascinación por esas referencias la expresa explícitamente en trabajos como *Ponga un Warhol en su vida* (1973), una pequeña obra absolutamente acorde con los preceptos del pop de segunda generación que, a pesar de todo, en casi nada parece preceder los trabajos inmediatamente posteriores de Carlos Pazos, resueltos en el ámbito de la acción y centrándose ya en su propio cuerpo e imagen. Estos pocos datos, a nuestro entender, son suficientes para relativizar la conexión de la obra de Pazos y los trabajos de Richard Hamilton y del pop inglés que se conocen relativamente en Cataluña gracias a iniciativas como la de Lanfranco Bombelli en la galería Cadaqués. En realidad, Carlos Pazos oscila entre una constelación de modelos un tanto difusa, debido a las dificultades para acceder a una exhaustiva información de lo que acontece en el exterior, pero también a causa de un consciente gesto de incomodidad personal frente a cualquier arte enmarañado en los avatares teóricos y políticos del momento. Sus intereses crecen en otra dirección. La sombra de Duchamp y Warhol fue la que siempre estuvo presente».

igualmente ser posible un entrenamiento de la no respiración (como de la no-locomoción o del no-intelecto). Si se puede entrenar para ir cada vez más deprisa, también debe ser posible un entrenamiento de la pausa absoluta.

21

Estaba pensada, para un momento del recorrido por el *Cabinet d'amateur*, una pausa absoluta: un no movimiento que permitiría al visitante dedicarse a pensar tan sólo en algo que escribiera el argentino —tan tocado por el jazz— Néstor Sánchez en *Nosotros dos*: «Y sentir que es un soplo la vida, que todo parece destinado a la literatura».

No conozco, por cierto, una frase más metaliteraria; está visto que siempre me supera alguien.

22

La escritura entra en nosotros cuando nos da información sobre nosotros mismos que necesitamos en el momento de leer algo. ¿No fue esto lo que, por ejemplo, me pasó en cierta ocasión leyendo a Tom McCarthy? En una entrevista, él subrayaba que la era digital no era ni mucho menos tan nueva y se limitaba en realidad a *acelerar algunas de las pulsiones del modernismo literario*:

a. la escritura parece estar ahí para aplazar su propia desaparición;
b. el lenguaje no imita lo real, sino que lo va creando;

c. la novela es un género al que le resulta difícil representar la realidad, pero la reflexión que ella misma abre sobre ese defecto de fábrica —la conciencia de su incompletud— la convierte en una actividad muy atractiva.

23

La tercera de esas pulsiones fue precisamente la que terminó por convertirse en la causa directa de que hubiera imaginado que ese *software* defectuoso de las novelas del que hablaba McCarthy se relacionaba muy bien con el «teorema de incompletud» de Gödel. Y aún recuerdo la mañana en la que preparaba mentalmente el *Cabinet* en mi casa de Barcelona y al principio no quería relacionar el *software* defectuoso con las teorías de Gödel, pues no ignoraba que el propio teorema establecía limitaciones sobre lo que era posible comprobar. Y sin embargo acabé finalmente animándome solo y, queriendo dar un paso más, terminé relacionando el estilo arquitectónico que me sugería el teorema de Gödel con la estructura de una biblioteca pública, la de la ciudad de Seattle: el edificio de Rem Koolhaas en el que hay una impresionante superposición de distintos estilos arquitectónicos que de algún modo resume los despropósitos urbanísticos de Manhattan, ya analizados por el propio Koolhaas en *Delirio de Nueva York*.*

* Rem Koolhaas, *Delirio de Nueva York*, Editorial Gustavo Gili, Barcelona, 2004.

De pronto, esa mañana fundacional en la que me encontraba preparando mentalmente el *Cabinet*, caí en la cuenta de que la novela oblicua del futuro sería la novela de los despropósitos o no sería, y surgiría siempre de la explotación imaginativa del *software* defectuoso. Y estaría entre Walser y Koolhaas, apoyados por Maurice Blanchot.*

24

Y también me di cuenta de que si uno observaba bien aquella biblioteca de Seattle, podía ver que parecía anunciar la estructura compleja y rara de las novelas del futuro, porque el asombroso edificio se alzaba basándose en formas imprecisas, desconectadas, inconclusas y sin la menor armonía, carente de cualquier lógica visual...

Esa estructura, decidí en aquel mismo momento, sería también la que tendría el *Cabinet* que estaba proyectando. Porque, al igual que la biblioteca de Seattle, mi personal *Cabinet* parecía cubierto con varios estratos de presencias fantasmas en forma de antiguos ocupantes, proyectos abortados y fantasías populares convertidas en la apoteosis de la ausencia de cualquier clase de elegancia y demás frustraciones del mundo del arte, de la arquitectura, de las matemáticas y de las letras.

* «Si en ese Tíbet imaginario, donde los signos secretos no se descubrirían ya sobre nadie, toda literatura viniese a dejar de hablar, lo que haría falta es el silencio, y es esa falta de silencio la que tal vez revelaría la desaparición de la palabra literaria.» Maurice Blanchot, «La desaparición de la literatura», en *El libro por venir*, Editorial Trotta, Madrid, 2005.

Me pregunto si va a ser necesario que añada ahora aquí que el *Cabinet* era mucho más de lo que se veía, pero para evitar que alguien precisamente acabara reteniendo sólo lo que podía verse a primera vista, contenía un profundo descenso a la Tierra —literalmente al cuadro de Miquel Barceló *Un puñado de tierra*— que distorsionaba todos los posibles vuelos mentales, incluso los vuelos rasantes de cualquier imaginación con vocación aviadora que sintiera la tentación de ascender demasiado alto y no quedarse sólo con lo que veía.

En un punto de la Whitechapel, sin que por supuesto estuviera señalado, se obligaba al visitante —más bien perversamente— a descender y acabar bajando los pies a tierra.

Para iniciar ese casi imperceptible descenso, había, por supuesto, que dejar atrás el área dominada por *La lección respiratoria* y por tanto el espacio de Dora García, siempre unida a la fascinante y compleja red tejida de referentes intelectuales que han venido inspirando desde hace tiempo sus ficciones y *performances*.

25

Cuando pienso en el territorio, lo hago pensando también en la tierra vista de cerca, la tierra catalana en la que nací y en la tierra vista desde el espacio, que es la misma que creo haber visto una vez de cerca, pero desde lo alto, como si me hubiera subido a la gran noria del Prater vienés y hubiera sabido ver a los hombres como Orson Welles en *El tercer hombre*: «¿Sentirías compasión por alguno de esos puntitos negros si cualquiera de ellos dejara ahora de moverse?».

Una vocación extrema, sustentada por una atracción máxima, de trabajar siempre en el negativo, de aliarse con las fuerzas inagotables de la disidencia. A veces he intentado explicarlo a los amigos. Cuando decimos, les he dicho, que un reloj hace tic tac estamos otorgando al ruido la estructura ficcional, que diferencia entre dos sonidos que físicamente son iguales, de modo que *tic* sea un principio y *tac* sea un final. Oímos en realidad tic tic, así que el tic tac del reloj sería el modelo de lo que llamamos trama, una estructura que da forma al tiempo y lo humaniza. Y en cambio *Tac tic* sería la trama del *Ulises* de Joyce, por ejemplo, y ya podéis ir haciéndoos a la idea: fue la trama sin duda de aquel *Cabinet*.

Tac tic. El trabajo de Barceló era el primero en el *Cabinet* que enfatizaba la materialidad en lugar de la imagen / figura. Era un descenso literal a la tierra catalana, la tierra de la que procedo. La compañía de la fotografía del gran Andreas Gursky era el reverso de esa visión tan cálida y cercana que yo tenía de la tierra natal, porque era nada menos que una visión de la Tierra tomada desde lo alto, desde la posición de los ángeles. En cierta forma, Gursky, elevándose por encima de las ruinas de Tebas —era lo que se veía en su fotografía—, nos recordaba la relatividad de esa impresión conmovedora a veces de creernos cerca o en nuestra propia tierra. Y nos recordaba también que en la tradición de los indios que habitaron Nueva York antes de los neoyorquinos la tierra no pertenecía a nadie, el concepto de propiedad no existía: la tierra era un don de los dioses.

EPÍLOGO

Sostenía yo maquinalmente el bolígrafo apuntando hacia las cosas. Cuando me di cuenta, lo desvié de inmediato en otra dirección, *en la que no había nada.*

PETER HANDKE,
El peso del mundo

ÍNDICE